擅長吹口哨的白雪公主

口笛の上手な白雪姫

小川洋子 Ogawa Yōko
劉子倩——譯

目次

5 搶先一步的老婆婆
31 獻給已故公主的刺繡
59 可憐的事物
85 分享一首歌
111 乳牙
137 匿名作家
167 盲腸線的祕密
195 擅長吹口哨的白雪公主

搶先一步的老婆婆

家裡裝設電話，是在我七歲的時候。就裝在面北的玄關通往二樓的狹小陡峭樓梯後面。

難以形容的圓潤，彷彿某種暗號的撥號盤，精心計算貼合耳朵曲線的話筒弧度，可愛地捲成一圈又一圈的電話線——看起來有點像玩具，可我打從一開始，就已察覺它的不尋常。

總之那種黑色很特別。毫無雜質，濃密，氣勢凌人，甚至顯得高傲。雖是雙手可容納的大小，卻又有種令人猜不透有何企圖的目中無人和深思熟慮。只不過多了一團黑色物體，樓梯背後的陰暗彷彿就變得更深奧。

基於高度恰好這個簡單的理由，便安置在從廚房角落搬出來的小櫃子上。和電話的存在感相比，小櫃子太寒酸，由於長期用來儲存乾貨和香料，還染上一股霉味。每次握住話筒，總有潮濕的胡椒味在鼻腔深處蠢動。

爸媽經常留下我一人去參加「聚會」。

「電話如果響了，你要先報上自己的名字。這個最重要。」

「接著，你要說『請問是哪位？我爸媽晚上回來』。記住了嗎？」

爸媽在玄關匆忙這麼交代。我默默點頭。

確定他們的腳步聲遠去後，我立刻鑽到樓梯後面，拿起話筒撥號。

一，一，七。數字孔相對於我的食指顯得太大，必須小心避免中途出錯。我用指尖感受著撥到新月形金屬片後、撥號盤彈回去時，那種小鳥呢喃似的聲音，無聲地緩緩覆誦三個數字。

「嗶、嗶、嗶、嗶——……下面音響，下午二點五十二分三十秒……嗶、嗶、嗶、嗶——……下面音響，下午二點五十二分四十秒……嗶嗶嗶嗶……嗶——……下面音響，下午二點五十二分五十秒……」

我喜歡聽電話報時。那是永無止境、毋需擔心任何東西擾亂的安穩世界。就算我打噴嚏，大姊姊也不會露出絲毫嫌棄，依舊繼續報時。她站在分秒移動的齒輪船船頭，向著蔚藍的海面宣告不斷誕生的嶄新時刻。那應該是很辛苦的重度勞動，她的語氣卻很流暢。

「……下面音響，下午二點五十三分整……嗶、嗶、嗶、嗶——……」

不過有時候，我擔心她會不會累壞了，會不會在哪口誤，握著話筒的手忍不住用力。

「……謝謝你的好意關心。但我沒事喔……你看，我好得很……」

彷彿從規律的節奏背後，聽見這樣的聲音傳來，於是我更加小心翼翼地傾聽。

報時的大姊姊絕不會問問題。也不索求回答。就算我長時間保持沉默，沒有報上自己的名字，她也不會覺得奇怪。她泰然自若。所以我才能安心地盡情徜徉在報時的海洋。

我知道只要把話筒貼在耳邊，電話就不會響。我告訴結束「聚會」歸來的爸媽「沒有人打電話來」，爲了不讓這句話成爲謊言，除了撥打一一七，別無他法。

即使有人打電話來，我也無法說話。我口吃。在所有字詞中尤其說不出口的，是我自己的名字。

其實並不拗口，只是很平凡的名字，可是一旦要發音，不知怎的，喉嚨和舌頭的連結就會出差錯，空氣停滯，嘴唇僵直。我小時候一直很氣，那麼多名字，爸媽爲何偏偏選了那個。不過如今回想，我已可理解，不管他們怎麼選擇，只要那個成爲我的名字，立刻變得難以發音。

我的口吃事實上另有原因。是因爲爸媽使詐，沒有正確申報兒子的出生日期。我如此深信。不知是「聚會」領導者的生日還是「聚會」成立紀念日，總之他們似乎很想把那個於我毫不重要的日子當成兒子的生日。爸媽在官方資料上塡寫的是比我眞正的生日晚了六天的日期。在那期間，我分明就在這裡，卻被當成不存在。爸媽盡量小心，不讓嬰兒哭泣。他們關緊門窗，尿布和圍兜也沒曬到外面，大氣也不敢出地等待那一天的來臨。

那六天我不存在的世界，就這樣被遺留在我面前。驀然回神，眼前總有空白橫陳。

所以，我說的話全部被那空白吞沒。無論自以爲多麼精神抖擻滔滔不絕，聲音也會立刻和身體分離，徬徨無助地徘徊在「六天的空白」。不知不覺，話語被透明的陷阱絆住腳，愈掙扎就陷得愈深，連一點細微的動靜也沒留下便消失無蹤。我慌忙向前方伸出手，試圖奪回話語，可指尖只抓到空氣。

爸媽幾乎沒察覺兒子出了什麼狀況。肯定更沒想到原因竟然在他們身上。兒子只是語言發展有點遲緩，但成長速度因人而異是理所當然，爲此氣急敗壞才奇怪，只要耐心等待就好，和那種不經大腦想到什麼就說什麼的小孩比起來，這孩子反倒堪稱聰明，因爲他比任何人深思熟慮……

爸媽非常樂觀。我沒求證過，但他們八成是遵循「聚會」的理念。在我和自己單純的名字搏鬥之際，他們滿足地沉浸在錯誤的想像，以爲兒子的腦中不知正冒出多麼天才的想法。

從名字是最大難關便可看出，我這個口吃的毛病，和語言或文章的難易毫不相關，反倒多半是在尋常打招呼時卡住，或者說不出簡單的一句「是」、「不是」。我至今仍清楚記得自己站在幼稚園門口發呆的模樣。園長站在門前，穿著筆挺的套裝，腰圍粗壯，身子半堵住大門，和顏悅色地微笑。

「園長早安。」

許多小孩陸續穿過園長身旁奔向幼稚園的庭院。

「早安。」

園長對孩子們的朝氣蓬勃很滿意，拍撫著小小的背部，摟肩誇獎他們。朝陽照耀的庭院響起歡聲笑語和腳步聲。

「ㄗ……」

誰也沒注意我的「早安」。從我口中冒出的每一個發音，都被「六天的空白」囚禁，哪也抵達不了。我並非默默發呆。請豎起耳朵仔細聽。你看，就在那邊，那就是我剛剛發出的聲音……我很想指著這麼說，可是舌頭縮在喉嚨深處顫抖。在這期間，孩子們毫不在乎地紛紛越過我。也有些孩子立刻盪起鞦韆或攀爬鐵架。

我的視線掃向園長背後，陷入不可思議的心情，不解自己爲何不在那喧嚷中。身體或許在這裡，但我的心已先一步在庭院等著我。就像要祝福高高盪起鞦韆的我，鐵鍊和黃色名牌和運動鞋，全都沐浴在朝陽下閃閃發亮。

我把幼稚園制服帽的鬆緊帶咬在嘴裡，心想這樣或許能夠稍微安慰舌頭。鬆緊帶夾在唇舌之間發出濕答答的聲音。它鬆垮地拉長，發出怪味。

「不會打招呼的人不准進去。」

不知幾時，園長的微笑消失了。

那個老婆婆正好就在那段日子出現。沒有明確的起因，神不知鬼不覺地只能用「突然」來形容，察覺到的時候，她已在那裡了。

不過老實說，幾十年後的現在，我對她還是沒有任何明確的概念。我直覺她是個老婆婆，但那也許只是因爲她拿著掃帚和畚箕、老是彎著腰，才有這種誤解，說不定她其實沒那麼老。她的長相和服裝都有點模糊，影子稀薄，整體缺乏色彩。本該清晰留在耳中的聲音，如果叫我重現我還眞沒把握，我甚至懷疑那說不定有可能是個老爺爺。

之所以印象如此含糊，是因爲那人的身體小得驚人。只需張開食指和大拇指，就約是那人從頭頂到腳尖的身長。而且那人的動作極快，導致全身輪廓閃爍不定，儘管我努力注視也難以鎖定焦點。

不過，和性別一樣，關於體型大小或許也可能是錯覺。那人就在我的前方，隔著伸手也碰不到的距離。那個位置始終不變。如果能稍微再靠近一點，或許我就可以確認那是比我大拇指和食指之間的距離更高的人。

「你是誰？」

我自認這個問題很正當，對方卻浮現「這麼明顯的事實幹麼要問」的表情，停下掃地的手看著我。

「如果硬要說明，其實意外困難。」

「嗯哼。我也不擅長說明。」

「我想繼續工作了，可以嗎？」

「好的，請便。」

我就這樣遇到搶先一步的老婆婆。因爲是很自然的邂逅，我並不覺得奇怪。甚至覺得幼稚園的那些人和父母身邊想必也都有這種人。比起老婆婆的存在，和她說話時，我一次也沒口誤，遠遠更不可思議。

起初，她問我她看起來是什麼樣子，我回答「就像故事書裡的老婆婆」，霎時，她彆扭地噘起嘴。

「最起碼，『老婆婆』能不能請你用英文拼音？」

那個人壓抑本心，以異常謙虛的口吻說。

「聽起來應該會稍微時髦一點吧？」

雖說無法確認，但那人臃腫的服裝線條、蓬亂的頭髮、瘦削佝僂的背影都和時髦相距甚遠，反而比較像給白雪公主吃毒蘋果的老巫婆。不過對方既然這樣要求，我當然沒意見。而且我還不會寫字，管他是拼音還是什麼對我來說都一樣。

「你好愛掃地喔。」

我看著專心揮動掃帚的老婆婆說。

「掃地？」

她發出錯愕的聲音。

「很抱歉，我可不是在掃地。我是在回收。」

「回收什麼？」

「你的聲音。」

我大吃一驚，不由朝她走近兩、三步。老婆婆立刻也退後兩、三步。

「你的聲音每次都先偷跑。你的嘴裡只剩下無言。想必就是這麼回事吧。」

老婆婆重新握緊掃帚，把腰彎得更低了。

「我不太懂。」

「不是什麼太特殊的事。保持現狀活著就對了。只是小小的誤差喔。」

和身體的嬌小與模糊相比，她的聲音聽來倒是很清晰。就像是在我耳邊說話。

「我會搶先一步，修正那個誤差。」

「搶先一步？……」

「對，就是這樣。」

「爲了我？」

「這個嘛……說是專門爲了哪個人好像有點太狂妄……」

「你收集我的聲音，要怎麼處理？」

「暫時就先保管在這裡吧。」

老婆婆說著，熟練地拿起畚箕，把畚箕裡的東西倒進圍裙口袋。她動作很快，我來不及確認自己的聲音究竟是什麼形狀，只感到窸窸窣窣的動靜。我想看清楚一點，於是比剛才更努力地試圖跑過去，卻還是無法縮短距離。那個人彎腰駝背，低頭看著圍裙口袋，正在確認是否把畚箕裡的東西都收進來了。搶先一步的老婆婆，永遠在「六天的空白」前方。

很難預測搶先一步的老婆婆何時出現。至少，那人似乎從來不管我方不方便。當我站在才藝表演會的舞台上手足無措，當爸媽叫我去買東西，我卻在店前一再徘徊，當我被壞心眼的小孩用力推開，心想「唉，要是現在能從老婆婆的口袋取出聲音該多好」的時候，她偏偏總是不見人影，彷彿專挑我忽略她的時候出現。

「你什麼時候在那裡的？」

「呃，這個嘛……應該很久了吧。」

無論任何問題，她總是仔細思考之後再回答。

「聽到掃帚的聲音就知道，『啊，老婆婆來了』吧。」

她的工作態度非常細心。沙、沙、沙的聲音保持一定的節奏，乾脆利落，洋溢著不管藏在哪個角落的細小碎片都不放過的堅定意志。我尤其喜歡的，是她和畚箕的配合。掃帚與畚箕就像自有意識般互相尋求對方，互相安慰，同心協力工作。我彷彿明白，和誰成爲好友，大概就是這樣子吧。

「你一定收集了很多我的名字和『早安』吧。」

「不好說。」

老婆婆用手心在口袋表面畫出一圈又一圈的圓圈。

「我的聲音是什麼形狀?什麼顏色?」

「這個嘛，反正不管怎樣都不用擔心。因爲你的聲音碰觸不到任何人的耳朵。是完全透明的。」

我們經常漫無邊際地聊。搶先一步的老婆婆是我唯一的交談對象。只要和她在一起，我就不用在意必須注視對方眼睛或讀取表情這些麻煩事，哪怕有片刻沉默降臨，也毋需害怕。只要傾聽掃帚的聲音就行了。

「……嗶——……下面音響，上午十一點十六分十秒……嗶、嗶、嗶、嗶——……下面音響，上午十一點……」

搶先一步的老婆婆不肯出現時，我就撥打一一七。我坐在冰冷的地板上，背靠著小櫃子，視線依序垂落在話筒上的每一個小洞。一深呼吸就會聞到胡椒味，有點噁心，所以我盡可能減少呼吸的次數。報時的大姊姊依然在努力工作。

我的八歲生日快到了。爸媽替我慶祝的，當然是謊報的那個生日。那是我一年之中最憂鬱的日子。是我再次被迫面對「六天的空白」，被提醒自己站錯地方有多尷尬的日子。

每年的這一天，我都會被帶去「聚會」。被迫聽沒完沒了的冗長演講，幾乎貧血發作快暈倒後，接著是大合唱。必須無休止地唱著旋律和節奏都很單調、聽上幾百遍也記不住的歌曲。我胡亂地對嘴，一心祈求這大合唱趕緊結束。同樣是無音之聲，但「聚會」唱的歌不必讓任何人聽見，因此也不會被「六天的空白」吸收，用不著麻煩搶先一步的老婆婆出動。

最痛苦的還是對「聚會」領導打招呼。領導會把手放在我頭上，讚美我誕生在特殊日子的幸運。你擁有的任何能力，都比不上被這天選中的能力，生日肯定會拯救你的人生——領導這麼一說，周遭的人就一齊歡呼，朝我投來羨慕的眼神。甚至有人熱淚盈眶。爸媽就在一旁對自己的謊報日期奏效露出滿足的表情。

「快打招呼啊。」

我知道爸媽在戳我的背。

「啊……」

被割離身體的聲音，迷失在空白的底層。我緊閉雙眼，拚命尋找老婆婆。

「嗶——……下面音響，上午十一點二十五分整……嗶、嗶、嗶、嗶——……下面音響，上午十一點二十五分十秒……」

「很好，很好。」

明知根本不需要我鼓勵，我還是忍不住對大姊姊這麼說。即使全世界的人都陷入沉睡的深夜，大姊姊大概也在繼續報時吧。這麼一想就覺得她好可憐。

「不，不要緊。」

我安慰自己。我想像始終獨自站在時間前方的大姊姊，想到她迎風飄揚的頭髮和紅潤的臉頰，就對她的勇敢心醉神迷。對她從不耍詐謊報的正確和正直獻上敬意。我更加把她當成自己人，集中精神去傾聽。

我和大姊姊的訣別突然降臨。因爲爸媽禁止我再打一一七。

「不准玩電話。」

「你看看這個。」

他們把電話費帳單塞到我面前。那筆金額意謂著多大的負擔，我無法體會。也是在那時我才知道，打一一七原來要花錢。

爸媽非常生氣。似乎不知如何發洩怒火，把帳單揉成一團又折起來再重新攤開。他們生氣的，不是兒子背著他們偷偷做了什麼。他們只是氣憤必須多花一筆無謂的開銷。

「……那，ㄉ、電……話、響……我也、不……不用……接了吧。」

我說。

「對方打來的電話，我們不用出錢。」

「電話響了就拿起話筒說『喂』。然後報上姓名。」

「這就是社會的規矩。讓對方知道『我在這裡，我聽見你的聲音了，你沒有打錯』。」

「這很簡單嘛。」

爸媽說。

在我說出對不起之前，又是一段更漫長的沉默。那當然不是因為我不肯道歉，是「六天的空白」此刻益發像無底深淵令我不寒而慄。

能不能讓大姊姊主動打電話來呢？我望著樓梯後面的那團黑色思忖。如果她能這麼做，那就太好了。

為了聊以慰藉，我刻意深呼吸吸進滿腔胡椒味。可無論我如何痴痴等候，大姊姊也沒有打電話來。看來，她光是報時就忙不過來了，果然沒空理我。

「口袋裡，真的有我的聲音？」

老婆婆露出有點不明白這個問題的神情轉過身來，握拳頻頻捶腰。

「因爲你的口袋從來沒有鼓起來。」

「難不成，你懷疑？」

我搖頭否認。

「愈來愈重囉。」

老婆婆托起圍裙下襬，手中似乎沉甸甸的。

「不信你看。」

我托腮發出嘆息。

「哎喲這又是怎麼了？一副無精打采的樣子。」

「爸媽不准我再跟報時的大姊姊見面。」

「你說什麼！你跟那個報時丫頭！」

老婆婆發出前所未有的大嗓門，畚箕也失手掉到腳下。

「你們認識？」

「啊？呃……也沒那麼熟，不算認識啦……」

老婆婆慌忙撿起畚箕，爲了掩飾驚慌，乾咳了幾聲。

「應該沒關係吧。反正只是個報時的丫頭。」

「才不是那樣。大姊姊很認眞。她盡到了重要職責。」

「對，說重要是很重要啦。」

「而且她的聲音好溫柔。」

「哼。」

老婆婆低哼一聲，又揮動掃帚繼續回收。

「說她認眞當然很好聽，但是換個說法，也可以說是不知變通吧。或者說，是不懂得隨機應變。」

老婆婆低頭迴避我的眼睛，嘀嘀咕咕喋喋不休。掃帚的聲音好像有幾分刺耳。

「說穿了，她這人就是太無趣。固執己見，故作淸高，一板一眼，冷血無情，墨守成規，楡木疙瘩……」

老婆婆說的話都太艱深了，我聽不太懂，但至少能夠感到，她和大姊姊想必感情不太好。

針對報時大姊姊描述了一番後，老婆婆用恢復冷靜的口吻說。

「我不會做那種小家子氣的摳門舉動。」

「嗯。」

「我可不用你付費。」

我托著腮點點頭。

「所以你安心吧。」

我倆依舊保持同樣的距離。那是絕妙的六天距離，伸手碰不到，凝神注視也看不清細節，卻又絕對不可能忽視。我知道，如果我緩緩眨眼，老婆婆的身上就會映現我的睫毛影子，陷入她就在我眼中的錯覺。於是掃帚的聲音和她的聲音，就會益發滲透耳膜深處。

掃帚展現輕盈的動作。畚箕總是如影隨形，做好準備隨時都能出馬。

我的聲音似乎散佈在意想不到的範圍，老婆婆彎著腰頻頻變換方向，不時扭頭跺足換個姿勢重新拿穩掃帚柄。她的眼神銳利，彷彿無法忍受任何疏忽，愈是專心工作，腰就彎得愈深。不只是腰，她的脖子和脊椎乃至雙膝，也都隨著回收動作變形，甚至令人擔心會不會再難恢復原狀。也像是封閉在「搶先一步的老婆婆」這個形體的輪廓中再也出不來。

「要搶先一步，一定很難過吧。」我說。「因爲總是一個人孤伶伶。」

老婆婆只是稍微歪頭，沒有回答。

「無精打采的理由，其實還有一個。」

我格外緩慢地眨眼。

「我的生日快到了。」

「那應該是値得慶祝的好事吧。」

疊合的睫毛彷彿倏然掃過她的圍裙上，留下影子。

「可是，那是假生日。本該是最重要的起點竟然錯了。遲早一定會受到懲罰。」

「嘖！嘖！嘖！」

老婆婆露出舌頭發出奇妙的聲音。

「那就慶祝眞正的生日不就好了。我陪你。不管怎麼說，畢竟我可是搶先一步的老婆婆。」

比官方資料記載的日期早六天的那個眞正生日，老婆婆爲我唱的「happy birthday to you」，我到現在都記得。歌聲很符合她佝僂的小身子，非常細小，卻未受到任何干擾地筆直傳入我耳中。她一手握掃帚，一手拎著畚箕，弓著背像要保護圍裙的口袋。或許是害羞，她刻意不看我，皺巴巴的脖子上下晃動打拍子。唱到高音時就瞇起眼，拚命伸展喉嚨的肌肉試圖避免走音。爲了慶祝一個男孩的誕生，現在無論如何都需要自己唱的歌——看得出她這樣下定決心。同時，那也是純眞的歌聲，爲年滿八歲的男孩帶來毫不掩飾的喜悅。

我很想奔向老婆婆，緊緊抱住她。唯一令我悲傷的就是無法做到。八歲的眞正生日，是我最後一次看到搶先一步的老婆婆。之後，不管我怎麼祈求，她都沒再出現。

或許不知幾時，老婆婆已抖出口袋裡的東西。驀然回神，才發現我口吃的毛病好了。

這是一旦疏忽，就連自己也會忘記的久遠往事，所以我決定記錄在這裡。我想，不要遺忘可能比較好，而且如果我不在了，這段記憶也沒有任何人能夠代替我述說。

獻給已故公主的刺繡

爲了買口水巾當作新生兒賀禮，週六上午，我去了工姐的店。在合唱團頗爲照顧我的指揮，家中千金於上週末生了女兒。聽大家說，由於臍帶纏繞腳踝，而且是超過四千公克的巨嬰，痛苦折磨了四十二小時後，最後好像還是剖腹生產。

就算是關係再遠的人，只要聽說對方生了孩子，我一定會送賀禮。無論是沒有血緣的遠親、工作上只合作過一次的人，或者只是路上碰見打聲招呼的鄰居。其中甚至也有沒見過面的。我從不錯過大家閒聊時隨口插入的一句「懷孕」，也絕不忽略視野一隅出現的孕肚剪影。

不管送禮的對象是誰，打一開始我就決定送口水巾。基本上，那本來就是準備弄髒的衣物，再多條也不嫌多。我喜歡看著嬰兒脖子後綁上蝴蝶結、口水巾掛在胸前，吃離乳食品。口水巾是嬰兒才有的特權，也是該高掛在最醒目之處的勳章。他們毫無顧忌，理直氣壯地在上頭灑落各種東西。以光榮擁有冠名權的口水爲首，乃至牛奶、米湯、蔬菜泥、果汁、泡爛的麵包、蛋黃泥、胃液、鼻血。從嘴唇溢出的，從內臟逆流的，全都不容分說混在一起，給勳章加上獨特的花紋。

工姐的店鄰近鎮中心，就在連接衛生會館和產業會館這兩棟建築的穿廊，面對廣場。將近五十年前、我還是小孩那時，那本是嶄新氣派的大樓，曾幾何時卻已老朽，鮮少再有人出入，唯有投影在廣場的H形影子，歷經多年始終不變。穿廊就像讓好友握手，連結了兩棟六層大樓的四樓。

「打擾了。」

「歡迎光臨。」

「天氣老是這麼冷眞討厭。你最近還好嗎？」

「托你的福，一切都好。我把火爐的火弄旺一點。」

「麻煩你了。」

「你又來買那個？」

「最近接二連三。」

「這是喜事呀。」

我們已是多年交情，工姐很清楚我向來只買口水巾。只要我一出現，什麼都不用說，她就會立刻從架上取下裝著雪白口水巾的盒子。

穿廊一側，是成排的各種商店，工姐的童裝裁縫店正好位於中間。相較於其他果汁吧、藥局、文具店這些對於造訪會館內公家機關的人們而言更方便且日常所需的商品，工姐的店或許可以說多少有點格格不入。

「因爲老師是小三嘛。」

我記得母親生前經常這麼說。年幼的我還不懂「小三」是什麼意思，但我從母親的語氣已感到，好像不是什麼可以大聲張揚的字眼。

五十年前，那間店的老闆本來是被稱爲「老師」的幹練女性，工姐是店裡雇用的年輕學徒。當時沒有別的地方縫製品味出衆的高級童裝，母親是那間店的常客，經常上門訂製衣服，跟老師東聊西扯是她的樂趣之一。不過唯獨關於小三的問題，母親至死都不改輕蔑的口吻。

「她好像是走後門優先取得那間店面的所有權，而且是用相當低廉的價格喔。」

母親和老師相繼過世，但我不記得誰先誰後了。總之，在她們過世的時候，我已不再需要童裝。工姐繼承了老師的店，雖然隨著會館老朽，裁縫店也門可羅雀，她依然守著那間店。

「這次是男孩還是女孩？」

「是女孩。」

「那眞是恭喜。」

一條條用薄紙分開包裹的口水巾塞滿了盒子。用來包裹幼兒弱小身子的東西，不容偷工減料，必須是正統且結實的產品——從前一任老闆「老師」那裡繼承的這個信念，當然也反映在口水巾上。我在盒中翻找，想找一條薄紙沒破、沒有被陽光曬得變色、也沒有被蛀蝕的口水巾。

「對了，要選什麼圖案？如果有特別的喜好也儘管說。」

工姐從抽屜取出刺繡圖案集，用蒼老的雙臂吃力抱起，重重在我面前翻開。皮革封面上是燙金字體的「傳統花樣圖案集」。比我所知的任何書籍都厚重，散發塵埃的氣味。從五十年前就一直在這店裡。已經翻過數不清多少次的我，就連哪一頁畫著什麼樣的圖案都熟記腦中。騎馬的士兵、撒落星星的天使、爬藤薔薇勾勒出的數字、拿蠟燭的侍從、列隊行進的鴨子，用×記號鑲邊的英文字母，跳舞的小人……只要在心頭浮現，就算閉著眼也能翻到那一頁。

這裡面的圖案，沒有一個工姐不會繡。工姐的圖案集蒐羅了這世上該被刺繡出來的所有事物。

小孩當然不會注意這種事：剛認識的時候，工姐到底幾歲，我現在就算回想也不確定，不過仔細一算，她當時肯定才二十出頭。可她看起來和以前相比，一點也沒變。早在當時，她就具備任何場合不慌不忙的穩重氣質，以及表情少有變化、很難相處的樣子，這種成熟穩重的氛圍也可說早已預言了五十年後的她。只要站在她面前，我就能輕易變回那個穿著綴有白領子白袖口藏青色天鵝絨洋裝、讓母親牽著手的小姑娘。

老師曾提及在國外學過設計，是個長袖善舞活力四射的人物。豐腴的五短身材，一襲造型簡潔的套裝，踩著高跟鞋在狹小的店內喀喀喀地四處走動。母親常去該店的眞正理由，是因爲老師把我穿著天鵝絨洋裝的照片放在櫥窗展示。

「讓這麼可愛的小姑娘穿上之後，衣服看起來都高級了好幾倍。簡直就像小公主。」

母親只是想反覆聽老師說這句話。

「哎喲，什麼小公主……其實這孩子和伊莉莎白女王是同一天生日喔，很巧。」

爲了確定女兒的照片是否擺在櫥窗最顯眼的位置、有沒有被其他小孩的照片替換，母親頻頻去店裡，每次必然提起生日的話題。伊莉莎白女王有時還會變成維多莉亞女王或瑪格麗特公主。

不管公主叫什麼名字，那件洋裝顯然擁有公主該有的風格。天鵝絨的光澤像宇宙一樣深奧，領口和袖口白得純粹，順著下襬張開的皺褶勾勒出優美曲線。照片中的我，靦腆地凝視遠方某一點。

店內整理得井井有條。一邊的牆面堆著用長方形木板捲起的各種布料，另一邊的牆上是成排特別訂製的抽屜，裝著各種鈕釦、緞帶、扣環及樣本簿子。裁縫機、沙發、鏡子、假人、電話等必需品也一應俱全。左邊靠裡面的空間很狹小，只放得下一張工作台，但在日光燈泡的照耀下，被製作中不斷變換形貌的各式衣服圍繞，顯得生氣勃勃。

工姐和老師正好成對比，身材高眺，手腳修長，寬闊的肩膀就算說是運動選手八成也無人懷疑。她總是勉爲其難地縮起高大的身子坐在工作台前。老師和客人交談的時候，她從不插嘴，有人提問，也只用勉強才聽得清的細微聲音回答一、兩句。

「這個借我用一下。」

母親和老師聊久了，我很快就覺得無聊，鑽進後方的工作區。

「請便。」

工姐把刺繡用的圓形木框和多餘的布推到工作台角落。她不會親切地陪我玩，可是只要不妨礙工作，我的要求她多半答應。我拆開雙重木框，把布夾到中間，繃緊後扭緊扣環。那可不是騙小孩的玩具，金屬的道地銀色讓我很滿意。木框吱呀響，布繃得緊緊的，好像再也無法忍耐，那種觸感令我著迷。

「爲什麼只有你在工作？老師都在偷懶。」

我望著在沙發上聊天的二人，如此問工姐。

「因爲……我是縫紉工。」她手也不停地說。

「縫紉工是什麼？」

「就是做針線的人。」

「是噢。」

木框的傾軋聲逐漸變得痛苦，我還是不死心，試圖再扭轉一圈扣環。我的指尖用力，直到不是木框裂開就是布面撐破的臨界點。

「別弄壞喔。」

「嗯。」

「否則挨罵的會是我。」

「放心。沒問題啦，工姐。」

不知不覺，在自己也沒注意到的時候，我覺得喊她縫紉工太麻煩，直接喊她工姐。她也理所當然地回應，彷彿那是出生前就決定好的名字。

工姐的巧技，連老師也認可，尤其刺繡的手藝特別出色。在刺繡方面，就連老師也不插手，從設計圖案到完成，似乎全部交給工姐一個人。

不管是洋裝或連身服，客人寧可多付一點錢也想請她加上刺繡。把別處買的東西帶來只要求刺繡的客人也不少。母親曾評價說，工姐繡的圖案很傳統，可是好像就是有種特別的觸感。配色、均衡感、針腳、用的絲線，到底是哪一點不同，連老師也說不清楚，但是只要工姐扭緊木框的扣環，開始運針，那裡就會浮現一個誰也無法模仿的世界。洋裝胸口的整片繁花，連身服屁股上頭碰頭的松鼠，全都自然得彷彿不是事後添加，而是本來就藏在布後的東西在某一瞬間現身布面。

不過最特別的，大概還是她的專注力。刺繡時，甚至令人懷疑她沒有呼吸。這種時候，她完全不理會我，我只能在工作台的角落，拿著嶄新的裁縫工具自行發明玩法。

她的眼神銳利，針尖只鎖定接下來該戳刺的那一點，被指尖的熱氣賦予精魂的繡線，彷彿自有生命地流暢往返兩頭。她的身材雖高大，手指卻異常纖細，與針線相稱。在她的手裡，封閉在木框內的布只能任其擺佈，做個溫順的祭品。就在這樣的過程中，不知幾時，繡線已不再是普通的線，變成頂著花粉的雌蕊，或者宛如濕漉漉珠寶的松鼠眼睛。無論是多小的刺繡圖案，只要經過工姐之手，就成爲幼兒該接受的愛的印記。

「這次是什麼樣的嬰兒？」

「音樂方面的。」

「那就選音符好不好？」

「會不會太理所當然了？」

我們像五十年前一樣坐在工作台前，一起翻閱圖案集。工作台中央，鋪著做成背心裙一定很可愛的格子布，放著前身片的版型紙，插了固定布料的大頭針，瀰漫著直到剛才似乎還忙著趕製急件的氛圍。

「到目前爲止，你送過多少件新生兒賀禮啦？」

「不知道，數不清了。」

「嬰兒不斷誕生。」
「無休無止。」
「除了我們這裡。」
「對。」
工姐點頭。
「不過不用擔心。等著要繡的圖案還有很多。」
工姐弓著背，手掌撫過圖案集。拿著針線的手指皺紋多了，卻依然纖細。過於高大的身子要納入店內有限的空間，往往縮成一團，顯得不自然。聲音細小的說話方式，裝了假牙後更聽不清楚了。
「多得就算給這世上嬰兒的全部口水巾都繡上圖案還有剩。」
不時傳來人們沿著穿廊走來的腳步聲，但腳步聲立刻遠去，消失在某處。工姐真的把爐火替我生得更旺了嗎？腳下不斷冒起寒氣。背心裙的版型紙已經乾燥，邊緣翹起，固定布料的大頭針也全都生鏽了。

運氣好的話，工作告一段落後，她會讓我進工作台後方的休息室。房裡鋪著刺得肌膚發癢的地毯，以前應該是儲藏室，是個細長的小房間。小到不管我倆怎麼坐，身體某處必然緊貼一起，我甚至奇怪在這裡要怎麼休息。搆不到的高處有扇換氣用的小窗，透入些許光線，總是在地毯朦朧落下一線光明。

休息室是我最喜歡的地方。小時候，在我去過的各種房間中，它一直閃耀第一名的光輝。

「拜託。」

一走進去，我立刻擺出萬歲的姿勢讓工姐把我舉起來，然後從小窗向外望。從窗口可以看見廣場。眺望噴水池的水花被風吹來、坐在長椅上吃便當的人的腦袋、飛速駛過的腳踏車車輪後，我的視線沿著穿廊外牆移向正下方。穿廊名副其實，是穿越空中的一條走道。處於那中央的我的雙腳和地面之間，什麼也沒有。只有空氣。被工姐舉起，懸在半空中的雙腳下方，是更遼闊的空中。

「你看，我現在在空中喔。哪都沒連接。」

我滿心歡喜地揚聲說。能夠讓我有這種心情的地方，除了藏在工作台後方的休息室，別無其他。

工姐沒有點頭贊同，也沒有催促我，只是沉默地舉著我。從未打開過的窗子，窗框佈滿塵埃，玻璃傷痕累累模糊不清。工姐的臉頰就在我的臉旁，我的背部緊貼她過於柔軟的乳房。聽得見彼此的呼吸聲疊合。她撐在我腋下的雙手，冰冰的很癢。

我還有一個期待，就是瞞著母親討零食吃。休息室角落的圓罐裡，總是放著母親絕對不會買給我的、摻有人工色素和防腐劑的甜膩零食。

「好，看看今天有什麼。」

工姐說著，像要吊我胃口似的翻攪罐中。硬幣形的巧克力和裝在小袋子裡的汽水糖還有很難融化的渾圓糖果，窸窸窣窣地響。

「來，這給你。」

工姐手心出現的，是用糯米紙包裹、色彩鮮豔的紫色果凍。

「謝謝。」

「快吃吧，趁你媽還沒發現。」

果凍甜得令人失神，難以形容的口感，黏在牙齒的每個地方。我想盡量延長品嘗甜味的時間，還用舌尖去頂卡在齒間的碎屑。

「快點吞下去。」

工姐一直盯著我的嘴。

即使把果凍全部吞下，不知怎的，糯米紙仍留在嘴裡沒有溶化。

「工姐，不行啦。這是玻璃紙。不能吃。」

「哪有這種東西。統統吃掉。」

那坨紙愈嚼愈皺，變成一團硬塊，口中哪都塞不下，尖銳的邊角刮傷舌頭。

「你想讓你媽發現嗎？你偷吃東西，她一定很生氣。」

果凍的甜味已經澈底消失。剛剛應該還聽得見的老師和母親交談的聲音也戛然而止，彷彿隨時可能傳來母親喊我的聲音。

「吞下去。」

視野完全被工姐的身體占據。我強忍作嘔，硬生生把那塊不明物體吞下肚。

整個晚上，它沒有溶化也沒有落到胃裡，始終卡在我的喉嚨深處。只要閉上眼，裹著果凍包裝紙的肉瘤腫起，堵塞喉嚨，令自己窒息的模樣就會浮現在黑暗中。再不然就是玻璃紙滲出的紫色毒素緩緩腐蝕喉嚨造成破洞的景象。

九歲那年，妹妹出生了。母親在肚子隆起時就大手筆向老師訂購了全套嬰兒服，從布料的選擇、鈕釦的形狀、進口蕾絲的產地，當然也包括刺繡的圖案，一一詳細討論。

那是非常漂亮的嬰兒服。彷彿不經意一碰就會翩然四散飛舞，宛如雪白的棉花糖。從帽頂到襪尖的設計都有一貫脈絡，就連肉眼看不到的細節也沒疏忽，用的全是最高級的材料。無論是誰看了，都會忍不住驚嘆。

之所以由我一個人去店裡拿妹妹的嬰兒服，大概是因爲母親產後恢復狀態不佳，住院時間延長吧。我獨自接下那重責大任，同樣罕有的是，那天老師也不在，店裡只有工姐一人。總之現在我已經想不起事情原委。

「小女娃好嗎？」工姐問。

就算老師不在，工姐還是坐在工作台前。

「嗯。」我回答。「不過，還在住院。我媽也是。」

「眞的啊。」

「她發高燒，沒什麼奶水，好像很麻煩。」

「那肯定是。」

她嗯嗯有聲地點頭，給縫好的邊角打結，發出淸脆的聲音剪斷絲線。

「因爲嬰兒出來後，胎盤還留在肚子裡嘛。」

「胎盤是什麼？」

「就是嬰兒的床鋪。」

「是噢。」

我拿起刺繡用的木框，套在手腕轉了兩三圈後放回去。

「那個爛掉，就在肚子裡化膿了。」

工姐把針尖插進毫無設計只是齊平剪短的頭髮搔搔頭。

「嗯哼。」

我不由冒出不知是呼氣還是回答的聲音。

「不過，我奶奶說下星期就能出院了。」

「噢？眞的？」

工姐又搓起別的線，把針頭用力壓向中指戴的金色頂針。

「不管再怎麼說，到了那時候，爛掉的床鋪應該也完全排乾淨了吧。」

我沒回答，只是拿起剪線的剪刀剪空氣。發出的聲音沒工姐那麼清脆響亮。我拿不定主意該在什麼時機提起今天跑腿的目的，不經意望向櫥窗的照片。這是個晴朗的春日午後，穿廊洋溢天窗灑落的陽光，傳來人們橫越空中的腳步聲。但是誰也沒有在櫥窗前駐足。在陽光照不到的角落，只有工姐和我被遺忘。

妹妹的嬰兒服已在櫃子抽屜中備妥。折疊整齊裝入白色紙盒的嬰兒服上，品味優雅地放著帽子襪子和口水巾，還附帶老師寫的小卡片。

從頭到腳全部是雪白的。我甚至閃過一抹不安，不知該如何才能安全帶回家而不弄髒。在那雪白中，領口袖口以及襪子反折處和口水巾的邊緣，都繡著更厚實的白色花朵，彷彿此刻剛剛綻放般清新可人。那是有六片流線型花瓣的小花。花莖交叉，花瓣疊合，朵朵相連，等待著祝福新生嬰兒的時刻。

「這是什麼花？」我問。

「白頭金穗花。」工姐回答。

「金、穗、花……」

「我選白花，這樣男孩女孩都能用。」

「嗯哼。」

「就在圖案集的第一千零三三頁。」

「是噢。」

「那是開在冥界地上的花。」

工姐的視線不知飄向何處，巨掌的纖細手指撫摸我的頭，用沒有特定對象的口吻呢喃「已經是姊姊了呢」。然後她蓋上紙盒的蓋子，打上蝴蝶結。

「冥界是什麼？」

「要小心拿好，別掉在地上喔。」

她交給我的紙袋意外巨大，比我的身體還寬，提著的時候，紙袋底部幾乎碰到地面。

「不能用拖的喔。萬一地上積水，那就全毀了。」

工姐再次提醒。

「嗯，我知道。」

我抓緊紙袋提把。

回家的路上，我怕忘記工姐說的話，一路嘀咕著「冥界、冥界、冥界」。可是，那個紙袋太大了，只要稍不留神，就可能碰到柏油路面或電線桿、錯身而過的大人以及各種髒東西，絞盡腦汁忙著安全搬運之際，不知不覺就忘了。

在那間店做的衣服我全部記得。有幸掛在櫥窗的天鵝絨洋裝自然不消說，泡泡袖襯衫、民族服飾風格吊帶裙、雙排釦斗篷大衣、喀什米爾高腰短外套、蕾絲魚尾裙、亞麻夏季連身裙……無論哪一件，從顏色剪裁乃至穿起來的感覺、穿著去過的地方，我都想得起來。同時，衣料上的刺繡手感也重現腦海。有的刺繡是低調地藏在袖口內側，像天使一樣守護我，也有的盤據在胸口最顯眼的位置，成爲除魔避邪的護身符。

明明那麼珍惜，爲什麼我的身體卻長大了、再也穿不下那些衣服呢？至今我仍認爲，身體就算長不大也沒關係，好想一直穿那些衣服啊。

有一次，我曾偶然在店外撞見工姐。那是暮色已近的時刻，她獨自走在鎮上最熱鬧的街道。與平日過於高大的身子縮在工作台前無處安放的樣子不同，她昂首闊步撥開人潮不斷前進。我找不到喊她的時機，於是默默跟在後面。

她沒拿東西，兩手空空。沒有針也沒有繡線的雙手看起來非常笨拙。彷彿是因爲空著的雙手無處安放，連自己也不知道該如何處理十指，只好誇張地甩手走路。有時她會駐足仰望招牌，或者看著剛亮起的街頭燈光把自己的身影反映在櫥窗上，也有時會探頭窺視建築物之間的夾縫。之後她再次轉頭面對前方，無止境地走下去。彷彿要在這世上，用自己的腳印留下刺繡。無人朝她回頭，也無人叫住她，甚至連風都不願追逐她。最後我跟丟了那個背影。

十三歲的冬天，我訂製了鋼琴發表會要穿的小禮服。那是最後一次。布料是檸檬黃的眞絲，領口邊緣綴有小珠子，背後有個緞面大蝴蝶結，高腰剪裁的腰線至裙襬輕柔蓬起。我站上舞台，一鞠躬後在鋼琴前坐下，蓬蓬裙在燈光照耀下，隱約浮現整片皇冠刺繡。我彈的是〈獻給已故公主的帕凡舞〉。

不知是誰決定的，那次發表會後，我就再也不穿童裝了。不用工姐抱著我舉高，不知幾時我自己也能輕易碰到休息室的小窗，也不再覺得罐子裡的糖果好吃。我已明白，就算穿上在這間店訂做的衣服，我也不可能變成公主。公主的地位，已轉移到妹妹身上。

最後一次去試小禮服時，我在休息室對工姐提出請求。

「家政課的作業，我想請你幫忙……」

「作業？」

「要在手帕上繡自己的姓名縮寫。」

工姐拿起那個材料包，興趣缺缺地取出裡面的東西。

「英文字母已經先畫好樣子了，只要按照說明書刺繡就好。你看這裡要用回針繡，這裡用拱針繡，然後這邊是鎖鍊繡……最後這裡是法國結粒繡。」

「噢。」

「後天就得交。」

「這麼趕啊。」

「我塞在學校的寄物櫃，一直忘了……可以嗎？」

「可以啊。我幫你繡。」工姐乾脆地說。

「來得及嗎？」

「小事一樁。」

「不能告訴我媽喔。」

「嗯。」

糖果罐就在工姐的背後。很久沒打開的罐子早已圖案剝落，蓋子凹陷。我暗想，巧克力和汽水糖還有硬糖八成也已融化黏在一起，變成硬塊，染成果凍鮮豔的紫色，還長蟲子了吧。

「偷偷繡喔，拜託。」

我比偷吃糖果時更慎重地再次提醒。

「那當然。」工姐說。

但我想到，最該擔心的不是被母親發現，繡得太好、令老師起疑，才是問題。她繡在手帕上的英文字母實在太美了。原本廉價的布頭，只不過在角落繡上兩個英文字母，頓時變為優美的配件。

我著迷地碰觸那英文字母。針法的種類和繡線的選擇完全按照說明書。手帕已燙平，對折再對折後，彷彿還隱約殘留暖意，不知是熨斗的蒸氣還是工姐的體溫。

我把手帕翻面。我很清楚工姐的刺繡正反兩面都一樣美。倏地，指甲邊緣勾到了線。那是短暫的一瞬間。還來不及驚愕，繡線已輕易鬆開。彷彿是按照事先定好的規矩，彷彿是順著工姐刺繡的動作，英文字母極爲自然地又變回一根線。驀然回神才發現，剛才明明還在眼前的一個字母已經不見了。我按捺不住想確認究竟發生了什麼，又用指甲去摳剩下那個字母的繡線。但同樣的情形只不過再次重演。我的名字只留下密集的成排細小針孔，消融在空中。

「如果嫌音符太平凡，那就……」

工姐繼續翻圖案集。掀頁帶起的微風，讓不知從哪兒來的塵埃飛舞。

我把口水巾的繫帶打成蝴蝶結，解開，再打結。憑著照進穿廊的光線變化，我知道太陽正要升到高空，但陽光就是照不進店內深處。只有工姐和我，籠罩在朦朧的暗影裡。

「我決定了。」

我合起圖案集。

「不用看這種東西，我也想好要繡什麼圖案了……」

工姐抬起視線。

「就繡金穗花。開在冥界地面的花。一千零三三頁。」

我如此要求。

已經泛黃變得有點破、捲曲翹起的照片中，穿著天鵝絨洋裝的已故公主，正凝視著我們。

可憐的事物

我手邊的可憐事物名單上，排名第一的是白長鬚鯨。我和他是在社會科校外教學時去的自然歷史博物館相遇。他就像是「因爲地面沒有地方放，所以請將就一下」似的，垂吊在天花板，飄浮在半空中。而且全身都是骨頭。

「白長鬚鯨是地球上最大的動物。即使加上過去絕種的所有動物，還是第一大。這裡展出的骨骼標本身長三十公尺，體重一百七十噸。食物是磷蝦。擱淺在紐芬蘭島的海岸後遭人發現。」

博物館的人這麼解說，全班同學一直竊竊私語「好大」、「太大了」、「誇張」，老師再三警告也沒用。

我默默仰望骨頭，在心中嘀咕：

「知道了啦。別說了。這孩子起碼也知道自己究竟有多大。」

所以我本來很不想用這個字眼，但是白長鬚鯨的確「很大」，我想不出其他形容詞。

他的骨頭顏色就像烤得恰到好處的餅乾。不知是爲了長久保存塗了藥水，還是久而久之自然變成那樣，表面很光滑，看起來油光水亮。占據身長四分之一的下顎，上下骨頭合攏勾勒出徐緩的曲線，根部的胸窩和人類的手形狀相同，之後就是一路延伸的脊椎。構成脊椎的骨頭形狀都一樣，但從頭至尾愈來愈小。一切左右對稱。並沒有因爲太大就在角落不守規矩地偷工減料。每根骨頭都機伶地堅守自己的崗位。

站在正下方，不管眼睛睜得多大，也不可能把他（我自行認定他是男孩。博物館的人並沒有告訴我們能根據哪塊骨頭判別那個地方）完全映在眼中。如果焦點放在他的頭部，脊椎就只能看到一半，如果想連尾巴都納入視野，下顎尖端就會從視野中消失。連月亮都能完全映入眼中，卻偏偏裝不下這孩子。

博物館的人還在繼續強調他的巨大，說他的身長相當於十一層大樓，或者光是舌頭就等於一隻大象的重量云云，但他比月亮還大的這個個人發現占據了我的心思。我無法想像，天生擁有那種體型的人生是什麼樣子。他沒有和大群朋友一起愉快嬉戲，或者反過來躲在岩石背後悠然度過安靜時光的自由。他面臨著雖然這麼有存在感，對小眼睛的魚類而言卻只是一片黑暗的矛盾。雖是自己的尾巴，卻像異國一樣遙遠，就算有誰想和他交朋友，舔他的尾巴示好，等他回應時，大家也早就苦等半天絕望離去了。本來就連海象或殺人鯨他都能一招斃命，他卻客氣地只吃渺小的磷蝦果腹。即使想看自己的全身也受限於自己的巨大，結果，他一輩子不知道自己究竟是什麼樣的生物。他被拿來和大象或大樓相比，動輒被人用「巨大」這簡單一句話概括定論，最後甚至連骨頭也暴露在眾人面前。

更讓我於心不忍的，是他那個做成實物大小的心臟模型。橡膠材質的模型呈現暗紅色，表面凹凸不平，無庸贅言當然也很大。動脈和靜脈粗大得輕易容許一個人鑽過。班上同學就像小木偶奇遇記的皮諾丘那樣爬上心臟，一個個高舉雙手或趴著滑下血管。我實在不忍心拿他的心臟當玩具，只是默默站在尾鰭的最後一根骨頭下方。沒有任何朋友發現我喊我過去。

大家都鑽進去後，柔軟的橡膠動來動去，看起來真的像心臟在跳動。那是他被打上紐芬蘭島的海岸後，即使人們不客氣地拍照或拿棍子戳他，依然用逐漸衰弱的身體勉強試圖維持最後跳動的心臟。

後來參觀了什麼，我一個也不記得了。其實我很想一直待在白長鬚鯨身旁，但是那種任性當然不可能被容許，我在老師的催促下跟上隊伍尾巴。可我心中滿是那孩子。雖然無法全部映入眼中，心中卻把他從頭到尾收進來了。在我心中的不是那副吊掛的骨頭，而是一如他從前在海裡、恢復了有肉有鰭有噴氣孔的眞正模樣。

不須拿地圖，你甩起尾鰭，搖擺脊椎，悠遊在我心中。想必只有聰明的你才能辨別某些記號。你毫不猶豫。沒有驚動小魚，動作非常徐緩。海流包裹你光滑的身體。四下靜謐無聲，簡直難以置信你正在做誰也無法模仿的浩大移動。

如果神下令「按照順序排隊」，必須站在最前方第一個回應的就是你。這是有勇氣的人才能勝任的角色。就算動員絕種的動物，也沒有任何一種能夠代替你。統率全球，蘊藏遠甚於月亮的高貴，承受最強勁的風，獨自忍受的鬥士。那就是你。

用來記錄可憐事物清單的筆記本是哥哥給我的。那本來是哥哥記錄棒球比賽分數的筆記本。去年秋天，球隊贏得地區賽冠軍，爸爸爲了獎勵他，送他一本正式的計分簿，他就把不要的舊本子給我了。所以本子的第一頁寫著打點三或左二壘打、接球失誤這些莫名奇妙的東西。跳過那個部分，從後面的空白頁開始，就成爲我的筆記本。

我決心不給任何人看這個。就算是生病長期住院的奶奶懇求我，我想我大概也會狠心拒絕。更何況如果被媽媽看到了會很麻煩，所以我藏在塞滿考卷和作業還有練習簿的書桌抽屜最深處。有一次，還因爲塞得太裡面卡到抽屜，封面擠出了皺褶。不過，我用油性筆盡可能鄭重寫上的標題「可憐的事物」變得歪七扭八，醞釀出眞的很可憐的氛圍，對筆記本而言或許反倒是好事一樁。

老實說，要誠實記錄心情非常困難。從自然歷史博物館回來的那天，我也立刻翻開筆記本想寫下關於白長鬚鯨的種種，可是一旦拿起鉛筆，反而不知該從何寫起，腦子愈來愈亂。白長鬚鯨的確在我心中泅泳。透過海面看得見它流線型的影子，也聽得見他震動海流的心跳聲。當然，每一根骨頭的形狀也一一重現腦海。可我就是想不出任何話。

我和桌上的筆記本。看起來離得並不遠。伸手可及。然而一旦要把內心想法轉移到紙上，頓時出現無垠的空白。眞是不可思議。

我握緊鉛筆，定定凝視空白，逐漸感覺可憐的心情溢出，終於勉強寫出三言兩語。彷彿並非找到最精確的字眼，而是搜索枯腸痛苦嘔出。這些字句就像保送、代打、三振一樣靠不住，生澀又結巴。

我明白，對待可憐的事物，應該用更正確的字眼記錄下來，否則就不算眞正的慰藉。每次攤開筆記本，我總是很愧疚。我恐懼萬分，懷疑自己比那些拿白長鬚鯨心臟嬉戲的小孩更殘酷。

停筆後，我還是不想立刻合起筆記本，我繼續盯著頁面空白處，針對名單中的他們浮想聯翩。就算全世界都看不起你，至少有我支持你。我對著空白如此發話。用這種方式好歹替自己贖罪。

指引我認識土豚的是白長鬚鯨。他雖然站在所有動物的最前頭，卻一點也不驕傲。或許是因爲謙虛地認爲這樣的自己不配放在名單第一個，這才把內向的土豚推出來。爲了進一步調查白長鬚鯨，翻閱圖書室借來的動物圖鑑時，驀然停手的那一頁就出現了土豚。

如果白長鬚鯨沒有引導我，想必我會視而不見。因爲土豚的外型就是這麼不起眼。身體矮胖，四肢短小，毛色是名副其實的土色，除了臉孔細長，沒有其他醒目的特徵。相較於用了連續數頁彩色照片介紹的孟加拉虎或山地大猩猩，土豚的說明連半頁也不到。但在那說明中，藏著絕對無法忽視的字句。

「管齒目土豚科的唯一物種。祖先不明。沒有近親，是無依無靠的動物。」

我像背誦詩篇的一節般反覆默誦，立刻背下了。管齒目土豚科的唯一物種。祖先不明。沒有近親，是無依無靠的動物。

窗外傳來男生在運動場玩三角棒球的聲音。他們爲失誤或滾地球、死球大呼小叫，跳來跳去。留在教室的女生在畫漫畫或拿串珠做手鍊。對於我發現的文章，沒有任何人感興趣。我只想趕快回家打開筆記本，迎接土豚加入名單。

孟加拉虎和貓咪，山地大猩猩和人類，都是同一個主幹分出來的近親。只要沿著主幹回溯，或許要花幾千年幾萬年，但必然會在哪相遇。如果繼續追溯下去，最後還能找到懷念的原始祖先。無論外表再怎麼不相似，都會以神隱藏的掛勾牢牢相連。所有的生物就是一個大森林。只有土豚除外。

哥哥幼稚園畢業紀念冊的團體照中，只有一個人被塞進角落的圓圈中，土豚的立場或許就像那樣吧。不過，拍照當天因爲出水痘缺席的那孩子，是哥哥的朋友，總是對我很壞，我才不要把他列入可憐名單。

我想土豚一定像出水痘的小孩那樣倒楣，才會陷入無依無靠的狀況。那裡想必發生了更深遠的現象。全世界到底有幾萬種生物我不知道，但是其中僅有一種被隔離在大家的森林之外，這種事態如此輕易發生會很麻煩。這是地球歷史上最神祕的（正因如此也更美麗）、充滿苦惱的偶然。

按照神畫的設計圖，生物之樹各自發芽，開枝散葉。爲了跟這個世界和諧一致，費盡工夫，屢次失敗，和親友互相扶持著緩緩前進。新的生物不斷誕生。樹愈來愈茁壯。就算看起來再怎麼複雜，每一根枝椏還是與樹幹相連。

可是有一天，擁有色彩美麗的翅膀、自以爲特別受寵的某種生物，爲了讓自己的外貌被誇獎，停在神的肩頭。那個自傲的傢伙搔首弄姿地拍翅時，正要綻放的一個小樹芽被翅膀捲起的風搧動，彈出了森林，墜落到平原的正中央。由於那是夾在一瞬和一瞬之間太隱密的空洞發生的事，一個目擊者也沒有。就連神都不知道，嫩芽本來該和哪根樹枝手牽手了。而那個，就是沒有美麗色彩也不可能風光翱翔天際的土豚。

我經常在想，我最不希望的死法，就是玩捉迷藏時鑽進垃圾場的廢棄冰箱，無人發現，就此窒息而死，但土豚在他被遺棄的孤獨地點，不灰心地活下來了。光是這樣就值得尊敬。而且土豚本身沒有任何錯。他沒有在打水痘預防針時故意開溜，也沒有貪玩地打開壞掉的冰箱門，他和其他人一樣，只不過是在排隊等候輪到他冒芽。

「我想查一下有土豚的動物園。」

歸還圖鑑時，我鼓起勇氣詢問圖書室的老師。我從以前就知道老師是很溫柔的人。因爲我連續三年借書冊數得到第一名時，他用親手做的獎牌表揚過我。

「啊？土……」

陌生的動物名稱，令老師浮現詫異的表情。

「土豚。」

我明確地再次說出那個名稱。

結果老師特別取出高中部圖書室的全國動物園便覽，查出飼養土豚的地方，把動物園的名稱和電話號碼抄下來給我。

那份名單遠比我的筆記本上記載的「可憐的事物」更短。而且都在我一個人根本去不了的遠地。

「土豚好像不怎麼受歡迎呢。」

我不想從老師口中聽到這種話。正因爲老師的語氣沒有惡意，反而讓我更失望。趁著老師詢問「但你爲什麼要查土豚？」之前，我道聲謝就離開了圖書室。

不能去見你很遺憾。我翻開筆記本咕噥。即使在動物園裡，你家想必也在偏僻的角落吧。你把正中央的頭等席讓給了獅子或大象。不過，幾千萬年來你都獨自活下來了，說不定待在角落反而住起來更舒坦。我希望是那樣。

如果來參觀的人只因爲你的外表不起眼，就連解說板也不看逕自走過，那我要代替他們向你道歉。或許有人分不清近在眼前的你和泥土的區別，誤以爲是空獸欄，有人興趣缺缺地不屑撂下一句「這什麼玩意啊」，乃至其他更多種反應。這些我統統要代爲向你道歉。請你原諒愚蠢的人類。

他們只是無知。他們不知道你擁有多麼精巧堅固又美麗的手。

被遺留在荒野，放眼環視四周，醒悟沒有同伴的你，不停挖掘地面。因爲就算向空中伸出手也不會有人牽住你的手，剩下唯一該前進的方向只有腳下。爲了得到糧食，爲了躲避敵人，爲了確保睡覺的地方，你低下頭，閉緊鼻孔，用驚人的速度不停揮動雙手。經過鍛鍊的肌肉和爪子，連過硬的土壤和石頭也照樣擊碎，同時用手掌聚攏沙土甩向後方，保持視野清晰，繼續迎向土牆。你的指尖裝有無異於鋼鐵的護套，關節活動自如，還能彎成複雜的角度，肌肉也配合那個角度輸送最有效率的能量。

你的雙手，兼具鏟子和掃帚的功能。在本來用一個「手」字就能概括的東西上，賦予了美。

當然名單上不只是動物。也有人。例如媽媽愛看的八卦雜誌後半部刊登的一張照片。那是每期雜誌都有的、介紹早期電影明星生平的單元，當時吸引我的，是拍攝某個女演員主演的賣座電影的幕後場景。女演員的名字我已經忘了，不過那不重要。背景是陽光普照、椰影搖曳的海邊。以坐在椅子上穿西裝的中年男人爲中心，共有五個人面對鏡頭。主演的女明星穿著古典設計風格的V領夏季洋裝，頭髮捲著髮捲，對鏡頭展現嬌俏笑容。露出的手臂和胸口洋溢青春氣息。其他人也都看似輕鬆自在。照片下方用小字寫著他們的姓名。

「左起依序是女主角○○，導演○○，男主角○○，隔著一個人是合演的○○。」

這個被跳過一人的人是誰？爲什麼不寫出名字？既然這樣一起合照，應該不可能是路過的陌生人。有地方寫「隔著一個人」，好歹也該寫出這人的姓氏吧。

那人是個比我媽媽還年輕一點的女人。身材不胖也不瘦。的確沒有明星那種張揚和導演的領導氣質，在五人當中存在感最稀薄。身穿樸素的襯衫和及膝百褶裙。臉上似乎脂粉未施，穿著和海邊很不搭調的皮鞋。更不巧的是，被風吹亂的頭髮在她的半邊臉形成陰影。另外四人都是隨意互相挽著手或把手搭在別人背後，只有她沒碰到任何人。她略帶顧忌地退後半步，只露出半身。表情有點恍惚失焦，想必不只是因爲陰影，是只有那裡焦距特別模糊吧。也可能是因爲陽光太刺眼令她瞇起眼。

總之不管怎樣，都沒有撇下她一人的道理。她應該也爲這部電影盡到了某種職責。比方說拿小髮夾重新固定好鬆開的髮捲，把洋裝熨燙整齊，跑去買冷飲，替人按摩手臂，倒出鞋子裡的沙子……

「媽媽，你知道這是誰嗎？」

我翻開雜誌給媽媽看。

「哇，眞令人懷念。」

媽媽笑咪咪說。

「大家怎麼都這麼年輕。好可愛，好英俊。可惜都死了。這個人死了，這個人也是，這個也是……」

媽媽一一指向照片中的人物，卻跳過她的上方。彷彿打從一開始，照片上就沒有這號人物。

「全都死了？」

「對呀。這是七十年前的照片了。」

都已經死了還被獨自遺棄的她，令我萬分同情，同時，對於死亡一律平等也多少感到安心。無論是被記住名字的人或沒被記住名字的人，被指出的人或被跳過的人，過了七十年一律都會平等地死亡。

趁媽媽把雜誌拿去資源回收前，我偷偷剪下那張照片貼在筆記本上。筆記本中另外也貼著和名單有關的各種東西，包括入場券、剪報、書籤、明信片。我可不希望有人誤會我是因爲無法用文字填滿頁數才這樣敷衍，但我喜歡糨糊乾掉後紙頁變得凹凸不平，或者增加厚度與重量，令筆記本逐漸變化的感覺。隨著名單增加，筆記本在我手中益發有種親密感。只有我擁有藏在筆記本深處的小房間鑰匙。那是我拯救躲在世界各個角落的可憐事物，用來藏匿他們的小房間。

從八卦雜誌搬家到我的筆記本後，被孤立的她依然把表情藏在頭髮的陰影中，保持退後半步的位置。如果仔細端詳，就會發現那陰影帶給她冷靜沉著的氣質。她比人們更接近死亡的陰影半步。當其他四人忙著對人露出笑容、展現才華，只有她早早察覺躡足逼近他們背後的動靜。她站在粗心點的人甚至無法分辨她到底在不在那裡的不起眼位置，注視著比其他任何人更遠的地方。

若問可憐事物的標準何在，那個定義太微妙，我自己也不大會解釋。不過，通常會有驚訝的瞬間降臨。就像細小的鈴鐺聲響起，也像是燈塔的光芒閃爍。

只要翻開報紙，多得是殘酷的案件和難以置信的意外，但我絕不是想獨自扛起這世上所有可憐的事物。我知道，世間還有除了我以外的負責人，每個人都在自己被分派的範圍內全力以赴。根據每本筆記本的不同，小房間的裝潢也各有差異。所以對那些可憐的事物而言，必須提供坐起來最舒服的沙發。

在我苦惱該如何處理肥豬肉的營養午餐時間，或者腳踩著池底、假裝正在游泳、拚命苦戰的游泳課，有時，我會想起其他負責人。我在想，大家是否都正在努力呢？我想像他們拚命發現可憐的事物，忙碌地記錄在本子上的情景。一邊努力吞下肥肉，閉著眼划水。

我最擔心的，就是看漏了自己負責的可憐事物。他們都和厚臉皮無緣，不會毫不客氣地主動推銷自己。如果我一時疏忽，他們就會永遠找不到安居之地，只能繼續徘徊在這世間。一想到就在此時此刻也有誰在等我，我就會坐立不安。

任何時候我都不敢大意，總是繃緊神經。雖不知是誰分派給我的，總之我全力完成自己的職責。

爲了唾液腺實驗，臉頰被開了洞的巴夫洛夫博士的狗。在金氏世界紀錄挑戰賽上，忙著製作二十六個浴缸那麼多的熱可可時，跌進巨大的鍋子嚴重燙傷的村長。逃離牧場，兩年後全身覆滿長毛被人發現，誤以爲是新品種奇珍異獸的綿羊。

不知分派給我的任務是否都在書中。我和可憐事物的相遇，多半是在圖書室看書的時候。不過，只有身爲右外野手的他不同。我實際見過他，也知道他的長相和名字。這種人被列入名單是很罕見的情形。

他和我哥哥是同一支棒球隊的成員。我知道自己沒資格說那種話，但就算加上低年級生，他也是隊中運動神經最遲鈍的人。和球棒一樣瘦的他，每次站上打擊區，似乎光是讓頭盔不要晃來晃去就已費盡力氣，戴上棒球手套立刻就像戴上枷鎖鐐銬似的動作僵硬，根本無暇顧及接球。他跑得慢，聲音小，就連比賽規則是否記得都令人懷疑。

在我家，每逢比賽的日子必定全家出動去加油。哥哥多半守二壘，排在第三棒或第五棒上場打擊。哥哥和第四棒的主力球員都是球隊的靈魂人物，也受到教練、隊友和家長的信賴。

「那小子有天賦。」

爸爸經常這樣誇獎哥哥。體力和技術還能靠練習多少提升一些，但是唯有天賦，似乎是天選之子才擁有的特權。

爸爸媽媽占據球場防護網後方的家長席最前排。他們總是準備了大量的簡單食物和柔軟的靠墊，這樣就算比賽延長再久都不怕。爸爸負責錄影，媽媽揮舞自製的旗幟。

我沒和他倆一起，獨自坐在和外野相連的斜坡樹蔭下。我對自己辯解，全家出動一起替比賽加油或許是規矩，但是可沒說好要坐在一起，畢竟棒球場這麼大。

到了可以加入棒球隊的年級時，我在學校體檢出腎臟指數異常，醫生說保險起見最好不要劇烈運動，爸爸媽媽都不知道當時我聽了有多安心。那種安心足以抵消生病的痛苦。與其叫我去打棒球，我寧可忍受不能吃零食、膀胱插管子的痛苦。

爸爸起初很困惑，不知該如何接受自己的兒子竟然不能打棒球的事實。他似乎無法想像一個不懂得打棒球的小孩要怎麼長大。說不定，對爸爸而言，那比擔心我的病情更重要。我在一瞬間萌生這種懷疑，立刻又自己否決。

我並不是每次比賽都能見到他當右外野手。只有在各種條件齊備的情況下他才會上場。當球隊的得分遙遙領先，或者在落後的情況下，到了第九局最後的防守，代打代跑已經把隊上球員都用光了，只剩下他一人時，察覺這點的教練就會出於同情心告訴裁判。

「右外野換人防守。」

那時大家早對勝負已定的冗長比賽感到疲憊，也不在意是誰防守右外野。大家腦中唯一的念頭，就是趕快結束比賽。

你在無人目送下，從球員休息區拖著沉重的步伐跑向右外野。由於一直坐冷板凳，你的身體很僵硬。少有機會使用的棒球手套異樣光滑，散發皮革的臭味，就算努力伸展手指再彎曲，還是很不順手。

你在我面前站定，望向中央或休息區的方向，不安地用釘鞋的鞋尖踢地面。看得出來你對是否站在正確的守備位置毫無自信。可是沒有任何人對你送來OK的信號。你只好自己發出「好！」或者「拚了！」之類的吆喝聲。只有我聽見那聲音。由於過白的制服太鬆垮，你的身子看起來更瘦小了。

你只是一心祈禱球千萬不要飛來右外野。你的祈禱，遠比大家期盼比賽趕緊結束的祈禱更真切也更無私。你害怕的，不是萬一來個右外野高飛球而手忙腳亂很丟臉，而是怕自己讓比賽時間拖更久害大家不耐煩。

你很了解自己對球隊能夠盡到的唯一職責。那就是祈禱球不要飛來右外野。就像投手投球、野手接住界外球、捕手守住本壘一樣，你也在拚命奮戰。

如果球滾到外野，我也會陪你一起追球喔。雖然我的棒球技術和你一樣差勁，但我應該多少能幫上一點忙吧。反正離裁判很遠。就算稍微作弊也不會被發現。

我想起圖書室的老師曾對我提起奇怪的小說。在某個棒球場，只有右外野一直下雨，導致右外野手發黴。書名和故事情節我都忘了，卻偏偏只記得那個小插曲。看到你就會想起那個球員。我聽見飄落在你心中的雨聲。如果對方擊出右外野高飛球，跌跌撞撞追著球，戰戰兢兢將奇形怪狀的左手伸向半空的你，將會隨著粗重的呼吸一起吐出黴菌孢子。

比賽還在繼續。每次球棒擊球的聲音一響，你就會哆嗦一下，嚇得向後退。你的球衣背號就在我伸手可及之處。如果當初腎臟檢查的數值稍有不同，你本來也可以不用對過重的頭盔和不聽話的手套不知所措，站在棒球場角落提心弔膽。也不會被黴菌感染肺部導致無法呼吸了。

你是代替我受難嗎？我終於試著說出這句耿耿於懷的話。你什麼也沒回答。束手無策地目送高高越過頭頂遠去的球，還是爲了求個心安朝錯誤方向伸出手套，惹得看熱鬧的人們失笑。獨自背對大家，向某個遠方不斷跑去的右外野手。那其實也可以是我不是你，你卻毫無怨言，連我的分也一起背上沉重包袱，強忍恐懼。

關於右外野的他，我用比平時更端正的字跡記錄在筆記本上。我只擔心一件事。筆記本所剩不多。如果用完了，之後該怎麼辦？和課業無關的筆記本，媽媽絕不可能買給我，我也沒把握能解釋清楚用途，說服媽媽。

然而可憐的事物不顧我的憂心，還在繼續增加。世界充滿這麼多可憐的事物，筆記本都快寫不下了，我無法理解大家爲何還能泰然處之。負責人眞的夠嗎？萬一好不容易發現了可憐的事物，卻無法準備房間供他們藏身，那我到底該怎麼辦？我益發擔心了。

可憐的事物藏在任何地方。他們躲在偶然經過的轉角盡頭，在驀然垂落視線的腳邊，在直到昨天爲止頻頻路過卻沒發覺的黑暗深處。我屈膝跪地，雙手捧起他們。隱隱感到，自己生活的世界，全是可憐的事物構成的。

分享一首歌

週三晚上，我提早結束工作去帝國劇場看音樂劇。是前輩臨時有事不能去，把票給了我。

老實說，起初我並沒有什麼興致。手邊還堆著好幾件期限逼近的案子，況且我對看戲也不是特別有興趣。如果是別的戲碼，我八成早已拒絕了。

可是當前輩說「演的是《悲慘世界》」，我不由發出短促的驚呼，垂眼看了看戲票。悲慘世界。我用只有自己聽得見的聲音呢喃複誦。不意間，彷彿從哪降臨小小的巧合。我就像把那個巧合的記號輕輕納入掌中似的，收下了票券。

劇場驚人地一成不變。客滿的立牌，回響在挑高天花板的大廳喧囂，灑落的柔和燈光，紅色底板的演出名單，淺紫色地毯，優雅的樓梯，彩繪玻璃，尚萬強雙膝跪地、露出胸前烙印吶喊的劇照……一切都和遙遠的記憶重疊。

上次看《悲慘世界》，是和阿姨一起來的。那年我還是高中生，剛滿十七歲。細數之下才發現，不知不覺已過十一年。

失婚的阿姨靠著推銷化妝品養活獨生子。她的身材姣好，容貌高雅，由於職業關係總是穿著很有品味的服裝。拎著裝有生財道具的行李箱、踩著高跟鞋四處飛奔的模樣，看起來遠比我媽這個作妹妹的更年輕。

上班晚歸或出差時，阿姨經常把兒子，也就是大我四歲的表哥，交給我媽照顧，因此我倆幾乎像親兄弟一樣長大。訓練我學會倒吊單槓，教我數學的分數計算，借我「岩波少年文庫」書籍的，都是表哥。三輪車、外出服、便當盒、直笛、釘鞋。我擁有的所有物品上，都還留著表哥名字的痕跡，沒有擦乾淨。

阿姨下班來接兒子時，會一臉放鬆地喝杯小酒，和我媽聊得沒完沒了。聽著她們的聲音，我們無事可做，打打鬧鬧。彼此的母親都在身旁，感情融洽。光是這樣就讓我們很安心。肚子塡飽了，笑聲洋溢，沒有任何煩惱，接下來只需鑽進被窩睡覺。我們感到置身在比任何地方還安全的場所。

表哥毫無前兆地獨自離開那個安全場所時，帶來的衝擊實在太大。我媽接到電話，跑上樓梯通知我時的凌亂腳步聲，迄今縈繞耳邊。在大學念美術史的表哥，某天早上被朋友發現死在宿舍床上。是原因不明的猝然病死。

當然那時我們早已從打打鬧鬧的關係畢業，一年頂多見個一、兩次面，但他依然是永遠在人生路上領先我半步的好兄長。阿姨和我媽也依然是相知相惜的好姊妹，二人一起遙想兩個兒子的將來，期待著我們成家立業的日子。

面對無暇思考如何防止悲劇發生，也來不及說再見，甚至連理由都不被告知就忽然出現的空洞，被獨自留下的阿姨只能呆然佇立。親戚們都想幫助那樣的阿姨，可是誰也不知該怎麼做。在那裡的，是不容任何言詞靠近的真正絕望。

但阿姨很了不起。她正視絕望，努力用全身去接受。從她身上溢出的只有眼淚，從沒聽過她對命運的憤怒、憎恨或唾罵。她在告別式上稱職地扮演喪主，來弔唁的兒子朋友超過上百人，她也一一拉著對方的手表達感謝。或許到了晚上還是會不安，那陣子她每晚都來我家過夜，但她說不能一直給公司添麻煩，婉拒了我媽勸她再多休息幾天的建議，不久也重新回到職場。

所以葬禮結束後，過了一陣子，阿姨突然說出「那孩子上台表演，我要去看」這種莫名其妙的話時，我媽和我都困惑得甚至忘記問她「到底在說什麼」。因爲她的話實在太荒謬了。但我們母子沒有劈頭就否定她。我們對她的態度是，遭逢那樣的不幸，就算變得有點古怪也是理所當然，暫時就隨她去吧。同時我們也再次發覺，阿姨的苦惱遠比我們以爲的更深刻更複雜，不由大受打擊。我媽和我，都責怪自己的掉以輕心。

單就外表看來，阿姨並沒有精神混亂。悲傷到極點反而變得透明的雙眸，看來毋寧凜然堅毅。

「那孩子要表演音樂劇。而且是主角。我當然得去看。我已經買票了。那齣戲很受歡迎，所以只剩下B區的位子，不過沒關係。不管座位在哪裡，他都一樣是主角。」阿姨一口氣說道。

「那孩子……是誰？」

我媽尋找插嘴的機會，小心翼翼開口。阿姨的眼睛霎時籠罩暗影，浮現出彷彿想說「這還用得著問嗎」的神情。甚至帶著一點憤怒。

「就是那孩子啊。聰明伶俐，天眞無邪，充滿活力，總是對可愛的表弟特別體貼，很會打棒球和唱歌的那孩子啊。」

聽著阿姨顫抖的聲音，我們醒悟再也不可以問這個問題。

「那孩子」的身分一點一滴揭曉。阿姨在他身上看到死去的兒子身影——或者說深信那就是兒子的人，是在《悲慘世界》飾演尚萬強的演員F。爲什麼她會突然產生那種錯覺，我們都渴望知道理由。同時，我們也很清楚，就算問出口，恐怕也只是徒然讓事況更混亂。對阿姨而言，能夠用邏輯說明的理由沒有任何意義。就像誰也無法解釋表哥為什麼非得猝死不可。

基本上，阿姨本就不是會去劇場的人。她不只不看戲，如果有餘暇用在自己的愛好上，她會認為還不如把那些時間都花在兒子身上。她之所以知道F，想必是偶然在街上看見海報，或是在電腦聽到歌聲吧。不過，F和表哥之間很難找到共同點。F比表哥大了快二十歲，樣貌也完全不像，最重要的是，表哥和音樂劇八竿子扯不上關係。他小時候不曾加入兒童劇團也沒學過唱歌，當然更沒有立志要成為音樂劇演員。

「不過，你表哥的確很會唱歌。」我媽說。

「幼稚園的時候，才藝會上表演合唱，他還負責獨唱的段落呢。我記得當時唱的好像是〈雨中的熊寶寶〉吧……就是第二段開頭，『淘氣的熊寶寶跑過來』那邊。我和大姊還一起去參觀呢。對，那時你正好還在我肚子裡，正是我害喜最嚴重的時候。」

這麼一說，我也模糊想起一段回憶。外婆的八十壽筵上，表哥唱了一首歌獻給外婆當禮物。本來他叫我也一起唱，可我不好意思，臨陣退縮，結果表哥一個人唱了〈星願〉（"When You Wish Upon A Star"）。我記得那年表哥小學六年級，我二年級。的確是聲音優美的男童高音，親戚們讚嘆不已，不過那時的我，更感動的是他竟然有勇氣站在大人面前公然唱歌。我暗自反省，表哥和害羞的我實在差太多了。唱完歌，他彬彬有禮地一鞠躬，比任何人都熱烈鼓掌的就是阿姨。

那成了我聽到表哥歌聲的最後一次機會。後來到了變聲期，隨著他再也唱不出男童高音，不知幾時也不在人前唱歌了。長大後的表哥是用什麼聲音唱歌，我終究無緣得知。

阿姨積極著手準備。她看了文庫版多達五冊的雨果原著，蒐購戲劇雜誌，只要發現任何出現F名字的報導就會剪下來，每天在月曆上做記號，等待看戲的日子來臨。

最後決定由我陪她一起去。是阿姨說我剛考完期中考，反正八成也閒著，就自作主張這麼決定了。我媽沒有明顯表露出來，但她其實很擔心。她左思右想非常不安，深怕阿姨到了劇場後，幻想不斷膨脹，最後做出什麼令人困擾的舉動，更怕阿姨因此加深創傷。

「一切拜託你囉。」我媽說。

「千萬別讓她衝上舞台，或是闖入後台化妝間，做出大喊那孩子名字之類的舉動……」

「嗯。」我回答。

「有你陪著，她或許不會做出丟人的舉動。」

我媽像要說服自己似的嘀咕。

放眼所及，全場的位子都滿了。前輩買的票是中央靠前排的好位子。

記得和阿姨來的那次好像坐在更角落，不過究竟是哪一區我已經記不得，飾演尙萬強的演員也已不再是F。儘管如此，當周遭暗下，指揮的棒子一揚起，昔日和阿姨並肩坐在這個劇場的感觸鮮明重現，連自己也嚇了一跳。坐在左手邊的那個陌生剪影也直接被阿姨的身影取代。甚至連衣服微微碰到左臂的觸感都一樣。

序曲的〈囚徒之歌〉響起，尙萬強划船做苦工的身影浮現。

那天，阿姨精心打扮盛裝出場。

「我得好好打扮才配得上當男主角的那孩子。」阿姨說。

喪禮之後，她便穿得很樸素，因而此刻格外華麗惹眼。輕飄飄的碎花洋裝搭配絲綢圍巾，還戴了珍珠耳環，拎著只有重大時刻才用的黑色眞皮手提包。當然妝容也很完美。

「終於要開始了。」

她的語氣摻雜緊張與興奮。

「他從第一幕就會出場喔。一開頭就是他露臉的場面。這是理所當然。畢竟那孩子可是男主角啊。」

阿姨的膝上放著翻開的節目簡介。是有「那孩子」劇照的那一頁。

阿姨似乎在囚犯當中一眼就找到尙萬強，激動得向前傾身。之後，她一心一意只盯著「那孩子」。隨著音樂逐漸高揚，她抓住扶手的手也格外用力。

所謂一開頭就露臉的場面，我知道是主教送給尙萬強銀燭台，對方的慈悲令他察覺自己的愚昧，決心重新做人，歌唱〈尙萬強的獨白〉的那一幕，但在那時，我注意的依然是阿姨而非舞台。我聚精會神在左側的動靜。萬一出了什麼事——雖然不確定那個「什麼事」是否眞會是我媽講的那種情況，總之我還是提高警戒以便即時應對。雖才十七歲，但我拚命想達成交付給自己的任務。

「……可怕的黑暗中，響起這內心的吶喊，難道又想犯錯嗎……」

尙萬強強而有力的歌聲淹沒了全場。

「……能否拯救這樣的靈魂，讓它脫胎換骨，全憑我主慈悲……」

阿姨點頭。

「……尙萬強將死而復生，重新做人。」

「沒錯。」

儘管聲音低微無異於吐氣，那句話似乎還是在黑暗中清晰映現般傳來，我不禁望向左側。我擔心干擾到其他觀眾，不過除了我，似乎誰也沒注意到。只有她耳垂的珍珠朦朧發光。

舞台上就尙萬強一人。此刻，他不是對著誰唱歌，只是在歌詠自己的內心。音樂劇就是這樣。即使是初入門的我也逐漸理解。但阿姨把他的歌聲當成只對她一人傾吐的祕密。「沒錯」這句低語，包覆〈尙萬強的獨白〉最後一個音，融爲一體冉冉消失。

場景變換，出現貧窮的工人後，那句「死而復生重新做人」依然久久在我耳邊迴盪。

劇本、演出還有舞台佈景是否和十一年前有所不同？我無法分辨。就算當時原班人馬在我眼前演出也一樣。說不定，我不在的期間，和阿姨看過的那齣《悲慘世界》也在不斷上演。這裡完整保存了十一年前的時光。我如此覺得。

不知幾時來到芳婷高歌知名的〈我曾有夢〉那一幕。觀眾席的氣氛頓時更爲緊繃。

阿姨說她不太喜歡這首歌，因爲聽起來像哭訴。無比偏愛萬強的阿姨，對於劇中的女性人物卻有犀利嚴苛的見解。

「其實，她的夢想並沒有破滅。當她用盡方法還是快被賈維爾抓到的時候，爲了保護女兒珂賽特，她寧可自己死掉。最後她說著『等我醒來就去見那孩子』，如願以償地死去。她最重要的夢想已經實現了。」

十一年前我沒發現，或許阿姨其實很羨慕芳婷。芳婷用自己能付出的一切，拯救了更重要的東西。阿姨求而不得的心願，芳婷實現了，而且身旁還有能夠託付女兒的萬強在。母親爲女兒、也爲犯罪的男人，帶來了充滿喜悅的人生。

然而十七歲的我尙一無所知，還胡亂猜想阿姨是在嫉妒被萬強抱在懷裡的芳婷。

「最可恨的敵人還是警察賈維爾，因爲他絕不原諒坐過牢的萬強那段過去。」我說。

「是個可憐人哪。」

阿姨帶著無比沉痛的表情搖頭。

「他雖然堅持要逮捕萬強，理直氣壯地宣稱讓萬強付出代價是社會規矩，但這世上，不是用因果報應就能算清楚的。太正直的行爲，你不覺得有時反而傷人？」

我只能點頭。如果有什麼話能稍微拯救阿姨，我眞的很想那樣告訴她，可我唯一知道的就是阿姨滿心都想著兒子。

「不過……」

阿姨又接著說。

「大家其實都差不多。無論是萬強或賈維爾，珂賽特或愛波寧，馬里歐或安袞拉斯，都在分享一首很長很長的旋律喔。」

阿姨的側臉很美。舞台有微光灑落，昏暗中勾勒出她美麗的輪廓。我彷彿此刻才發覺，原來她是這樣的長相。她和表哥長得很像。這個理所當然的事實，不知爲何感覺很新鮮。阿姨的輪廓中有表哥，表哥的身影中有阿姨，而她的眸中，有「那孩子」映現。

芳婷一死，萬強甩開賈維爾的手帶著珂賽特逃走，長大後的珂賽特邂逅馬里歐墜入情網，學生企圖發動革命……故事不斷進展。音樂始終悠揚。到了學生登場呼籲市民攜手革命的那一幕，我逐漸受舞台上的演出吸引。雖然還有點意識到左側的身影，卻已被舞台排山倒海而來的浪濤吞沒，再也無力抗拒那種快感。

「聽得見戰士歌聲嗎，心跳和那鼓聲呼應，嶄新的熾熱生命開始……加入吧，成爲我們的戰友，城堡外面就是世界！」

旋律流入腦中，眞的和鼓聲呼應，流遍全身。本該陪著阿姨的自己霎時遠離，沉醉在加入他們隊伍的錯覺。終於到了起義的前夕，登場人物全體合唱的〈只待明天〉歌聲一出，我的心情頓時隨之高揚。萬強和賈維爾，馬里歐和珂賽特和愛波寧，學生和工人，人人堅守本位，揮灑著湧上心頭的熱情，唱著同一首歌。途中萬強高呼「明天」的聲音一冒出，阿姨就會瞪大雙眼，握緊拳頭，屏息等待聽清楚他的下一句話。明天會怎樣？將要發生什麼？情緒到達頂點時，歌聲合而爲一。大家朝著未知之處列隊前進。

「明天我將知道，神的旨意何在，只待破曉，只待明天來臨。」

驀然回神才發現，第一幕已結束。

「大家都很賣力唱歌呢。」

中場休息時間，我們坐在大廳的椅子上。

「學生和工廠的工人全都張大嘴巴，抖著喉嚨，打從心底歌唱。」

阿姨像要慰勞陌生的他們般說道。

「看到唱歌的人，爲什麼就會那麼感動呢。」

「眞不可思議。」

「如果只是說話，聽起來明明很淺薄，爲什麼變成歌曲就聽來特別眞實？」

大廳擠滿觀衆，販賣部大排長龍。已經入夜，彩繪玻璃外是無垠的黑暗，也因此，天花板的燈光看來格外璀璨。

「輪到自己獨唱的時候，應該會很緊張吧。上千人的耳朵全部對著自己一個人。絕對不能出錯。」

「是啊。對我們凡人而言，絕對不能出錯的事情其實不多。」

「F先生眞厲害。」

「那孩子是特別的。」

彷彿要掩蓋我那句F先生，阿姨說出「那孩子」。

「只有他一人中選，得到神的眼神示意，是特別的孩子。所以才能用誰也無法模仿的聲音唱歌。聲音穿透耳膜，直達心靈最深處。不用任何多餘的道具，只靠神賜予的身體，就能感動人們。」

那聲音似乎仍縈繞不去，阿姨一手撫胸，仰望高掛在天花板的萬強劇照。無數人經過我們面前。儘管周遭嘈雜，在我們之間流動的，只有「那孩子」的聲音。

「外婆的壽筵……」

「對，他唱了〈星願〉。」

「唱得很棒。」

「還拿手電筒當麥克風。」

「外婆也很高興。」

「他還打著小領結。」

「和我的一樣。」

「唱到高音的時候，領結就會抖動。」

那一刻，伴隨領結的束縛感，遺忘已久的情景頓時重現眼前。壽筵當天，阿姨準備了卡式手提音響要錄下表哥的歌聲，我很想摁那個按鍵，求了半天，因爲我覺得那個銀色的、看起來很好摁的方形按鍵很酷。表哥握著手電筒走到大家面前時，我自認已經按照大人教的方式正確摁下按鍵了。也聽到喀的一聲，不知是什麼信號的紅燈也亮了。可不知怎的，什麼聲音也沒錄下來。

面對徒然流淌沙沙雜音的音響，大家都笑了。表哥和阿姨也笑了。他們覺得小不點想裝大人卻搞砸任務很有趣。話題就此結束，大家立刻忘了錄音這回事。

儘管一直沉澱在記憶底層，但無論是食指殘留的按鍵觸感，或是音響傳出的無聲動靜，那些浮現的感覺依然異樣鮮活。我終於察覺自己的失誤多麼嚴重，再也按捺不住急促的呼吸。如果當時，我摁下了正確的按鍵，阿姨原本還能聽見表哥的歌聲。男童高音的時光流逝，表哥自己也已逝去，雙重喪失的那個聲音，因爲我的緣故永不復返。已經無法挽救了。

阿姨還在仰望「那孩子」。她的側臉伸手可及。儘管沐浴燈光，卻仍留著坐在觀衆席黑暗中時的影子。

阿姨是否察覺了？她會不會恨我犯下的失誤？

「肚子餓不餓？」

察覺我的注視，阿姨轉過頭說。

「要不要去販賣部買點東西吃？」
她的聲調溫柔。我默默搖頭。
「那，等演完了，我請你去吃好吃的。」
那是宣告第二幕開始的鈴聲即將響起的時刻。

阿姨終於流淚，是在覺悟死亡的年輕人沉睡的城堡，萬強祈求珂賽特的戀人馬里歐平安無事，高歌〈帶他回家〉那幕。她的眼淚，一絲又一絲，潸然滑落臉頰。我從不知道，眼淚也能如此安靜地流下。
除了萬強的歌聲什麼都聽不見，只有一個男人的聲音籠罩我們。不知不覺他的肩膀不再強壯有力，衰老的氛圍籠罩。他對被迫坐牢十九年的怨恨，對賈維爾的憤慨，皆已消聲匿跡，臉上只有對那些年輕人的慈悲。
「……請讓年輕的他活下來，帶他平安回家……」
他的衷心祈求直接化爲歌聲。萬強醒悟，把心願送至最遠處的，是靜默的祈禱之聲。已經沒必要吶喊或懇求了。

「他如同我親子，若我主應允……」

阿姨握住我的手。她的指尖冰涼。每眨一次眼，又有眼淚在黑暗中滑落。

表哥長大後的歌聲，說不定就是這樣。我在萬強的歌聲中，感受到表哥。那是未能錄下的歌聲消失後，從無聲的最深處幽微響起的聲音。我回握阿姨的手。我們顯然正在分享同一個聲音。

「……要死也請讓我死，放他歸來，讓他回家！」

愛波寧、賈維爾、抬頭挺胸賣力歌唱的成群年輕人、工人，他們全都死了。而這次，輪到萬強。之前身穿囚服登場的他，此刻一襲毫無裝飾的雪白襯衫和黑長褲，正要點燃主教送的燭台上的蠟燭。

他的手中有一點光芒。護著火焰的左手，沒有因爲對死亡逼近的恐懼或悲嘆、後悔而顫抖，始終守護那澄淨的光芒。

阿姨一直在哭，卻沒擦過眼淚。表哥死時，源源不斷溢出卻無處可去的眼淚，彷彿終於找到新的流向。她的眼淚，是爲了祝福正要回到應回之處的「那孩子」。最後一個音符響徹劇場的高處，終於被遙遠的一點吸收。

和那天一樣，觀衆席四處紛紛傳來啜泣。爲了迎接萬強，死者從舞台後方魚貫走出。其中，想必也有表哥和阿姨。觀衆各自想起自己惦念的死者，儘管那些死者互不相識，卻齊聚一堂。他們是原本不該現身此地的人。劇場想必就是這樣的地方。

我對自以爲肩負使命必須監視阿姨的自己深感羞愧。我媽的擔心完全是多餘的。阿姨是個稱職的觀衆。她眞誠地融入故事，對登場人物展現敬意，用全副身心傾聽音樂。在感受到「那孩子」的瞬間，獻上她的感激。

在沒有兒子的世界活了十一年，就在上週，阿姨過世了。推銷化妝品的工作她一直做到退休，正想著今後可以稍微喘口氣悠閒養老，就病倒了。但比起訣別的悲傷，我更強烈感受到的，是阿姨已平安抵達最想回歸之處的安心感。就像萬強一樣。

結果，我和阿姨共賞《悲慘世界》僅此一次。不知阿姨後來有沒有再去過劇場？是否爲了與F歌聲中蘊藏的「那孩子」重逢，獨自坐在觀衆席？如果想知道答案，隨時都可以，但不知怎的我始終沒問她，任由歲月流逝。不過，偶然在不經意間四目相對，我會深切感到，僅僅共享一次的劇場時光，依然在我倆之間繼續流動。彼此確認某種重要的東西時，我們只需用沉默當暗號就夠了。在那沉默的底層，我們分享了同一首歌。

「還好嗎？」

我問，阿姨濡濕的臉頰浮現笑容點點頭。劇場裡人人都在哭，沒人覺得她奇怪或拿怪異的眼神看待她。毋需找理由掩飾。阿姨得以盡情哭泣。

我們沿著通往車站的路，彷彿不捨遠離劇場，緩緩並肩漫步。那是個沒有月亮的深夜。阿姨的喪禮上，當日我倆的腳步聲，以及左側感到的體溫，伴隨萬強的歌聲重現，一直在我心中回響。

我站起來，對著此刻在場所有人鼓掌。謝幕久久不絕。

乳牙

察覺自己走失，你並未驚慌，也沒有不知所措。你還是個一顆乳牙都沒換過的小小少年，但你自知已經到了會為哭泣難為情的年紀。你按照母親的吩咐，站在原地，從褲子口袋掏出寫有旅館地址的紙條。

不能隨便拿給任何人看。因爲對方不一定是好人。如果要求助，只能找穿著正規制服，戴著制服帽，腰上掛著手槍的警察。不過更重要的，是站好不要亂跑。那是第一優先。

你反芻母親的吩咐。也想起父親曾經提出公式，向你講解四處遊走的二點相交的機率，與其中一點固定時的相交機率，有多大的差異。

你已經很習慣走失了。你鉅細彌遺地了解一切，支配一切。你把走失王國的皇冠高舉在頭上，你是充滿勇氣的霸主。

從事學術研究的父母，年紀輕輕就結婚了，對於打亂計畫提早降臨的你，他們眞的是手忙腳亂地把你養大。他們沒有錢，住處附近也沒有親朋好友幫忙，只能在打工之餘邊教物理和語文，邊爲實驗和嬰兒夜啼夜夜不眠。不管怎麼調整，計畫永遠趕不上變化，公寓裡凌亂不堪，母親甚至無暇梳頭。

對他們而言，你是令人驚異的美麗謎團。比方說，熟睡的時候爲何雙肘會自然彎成九十度直角，形成左右對稱的L形，只有拳頭露在被子外面？那種姿勢蘊藏什麼訊息？拳頭握著什麼？彷彿被難以抗拒的謎團吸引，有時母親會依序掰開你緊握著毫無縫隙的五根手指。小手意外地有力，甚至展現抗拒之意，使得你的睡姿更顯特別。

你的掌中空無一物。明明抱著如此堅定的意志握拳，爲何手中是空的呢？母親不可思議地用食指指尖滑過你的手心。那裡只有皺褶之間的棉絮，以及濕潤溫熱的體溫。之後五根手指又按照原狀合起。彷彿守住了祕密寶物終於安心，眼球在眼皮底下轉動，嘴角浮現看似笑容的表情。你又回到了睡眠世界。明知還有一大堆事情，該趁著嬰兒睡覺的寶貴時間處理，母親卻跪在床邊，久久凝望著你。

母親最怕的就是你生病。脂漏性皮膚炎、風疹、傳染性紅斑、流感、咽結膜熱、食物中毒……你不停罹患各種疾病。每次她都會抽取病原菌，熬煮成數倍濃度，提高毒性後自己灌下。或者磨礪痛苦之劍的劍尖，插進自己的肉體。只要能代替你受苦，任何魔法她都使盡了。即使是普通的病，她也會拿下面具，暴露隱藏的凶暴，向敵人宣示她絕不掉以輕心。深夜裡，母親守在高燒夢魘、哭鬧不停的你身旁。撫著你的胸口好幾小時，反覆揣想潛伏在喉嚨黏膜的病菌，順著逆流的唾液盤據鼻腔，逐步發展惡勢力，最後侵入大腦的路線。她想像你的大腦就像害蟲侵蝕的果肉腐爛那樣融解。她把已鑽進大腦凹縫只剩屁股還在外面扭動的害蟲，一隻一隻有耐心地摁死，哪怕自己的指尖沾滿黏液。

「如果這孩子死了……」

不知從哪傳來的囁嚅，怎麼努力都擺脫不掉。她甚至沒發現那是自己的聲音。傾聽那囁嚅，就像是給握緊雙手躺臥的你胸口供上一朵白花。你一再被母親親手送去她創造的死亡世界。她為自己內心竟隱藏如此巨大恐懼的事實而戰慄。

隨著你日漸成長，她恐懼的種類也漸漸變化。和疾病一樣企圖奪走你的新對手——走失——登場了。

你學會走路比一般小孩早了很多。同樣月齡的孩子還在滿地亂爬就已滿足時，你已經能夠隨意走去任何地方。就算找遍街頭的鞋店，也少有販賣不到一歲大的嬰兒在外頭走路用的鞋子。父母把那踩踏地面的迷你鞋子當成幸運標記。甚至想大聲炫耀。他們相信只要緊握那個標記，兒子一定能走在正確的道路。

不知是否和學步早有關，隨著身體發達，你也變得益發活潑。無論是餐桌、矮牆或只是隆起的土堆，只要看到高起的東西你就非得爬上去才甘心；走斑馬線的時候你會用帶著助跑的三級跳遠衝過去；看到小鳥飛過，你就想跳起來抓住。你還會跟著喜歡的音樂表演自創的舞步，把無數小石子扔進河裡，對著成堆要洗的髒衣服踢來踢去。沒發現高起的東西也沒有小鳥和河岸時，你就原地轉圈，覺得頭暈眼花很好玩。墜落，摔跤，倒吊，泡水，哪一樁都不稀奇，你總是不斷受傷。

父母第一次養小孩，無法判斷你這樣是否正常。有時不安地懷疑養育方法是否有問題，有時也用「男孩子就該活潑點才好」這般簡單一句話安慰自己。不過，比生病和受傷更折磨母親的，是好動的你老是走失。只不過瞬間放鬆，一不注意，你便輕易迷失在父母看不到的地方。明明記得剛才還抓著你的手，下一秒已失去你的蹤影。百貨公司的特賣會場、行人徒步區、購物中心的停車場、車站的地下街、公寓門前的道路……生活中處處是陷阱。

每次母親都比你更驚慌。比起病魔，走失更顯得執拗且惡意，充滿神祕。縱然一再追問「爲什麼？是什麼時候？」也得不到答覆，只能被你消失後的空白吞沒。

「如果這孩子死了……」

那個囁嚅更鮮明了。

但母親和父親有個嚴重誤解。你走失其實不是因爲太活潑好動。正好相反。你只要被什麼東西迷住，就會把視線鎖定在那上頭，被深深吸引過去。縱然只剩自己一人也不怕。走失的你不會四處亂跑。你穿著小小的鞋子，始終靜止在世界小小的某一點。

即使是把走失當成看家本領的你，那次也稍有不同。因爲你是在第一次出國旅行時走失了。

那次配合學術研討會特地計畫的旅行，堪稱全家的大事，母親也比平時更神經質。注意事項瑣碎多樣，哪怕只是預防萬一，她也不敢有絲毫大意。你也長大到懂得擔心自己的走失會讓母親多麼傷心。可儘管如此，旅程第四天的下午，望著面向觀光區廣場歷史悠久的建築物時，事情還是發生了。

不知怎的，你混入另一群觀光客，在陌生導遊的帶領下，走進廣場延伸出的數條道路中最不起眼的一條。頭上本該一望無垠的天空，不知幾時變成細長的一線。

如果眞有起因，一定是因爲他們說的話。那個男女老少加起來約二十人的團體，帶著不像在享受旅行的嚴肅神情，超乎必要地緊靠在一起，始終在低聲交談。他們發出的聲音結爲一團，沉澱在人潮混雜的廣場喧鬧的底層，散發獨特的音韻。自從下飛機以來，你就察覺周遭充斥的語言都有某種不可思議的感觸，但你從那群人的聲音中感受到無法忽視的誘惑。就像藏身森林的小動物的叫聲，一個個似乎七零八落，卻以只有牠們自己理解的規則互相融合，相依相偎，產生宛如暗號的和諧。它擁有和你熟悉的語言明顯不同的抑揚頓挫和氣勢，刻畫著無法預測的節奏。儘管一個字也聽不懂，卻不覺得刺耳，反而更讓人想永遠聽下去。就像是在傾聽你從未見過、也不懂發音構造卻深感魅惑的樂器。就在這樣半閉上眼專心傾聽之際，果然，你又走失了。

你已遠離廣場喧囂，來到成排白楊樹盡頭的素樸小教堂前。除了你混入的那個團體之外，只有類似的零星團體，看不到攤販或街頭表演藝人，和廣場比起來，這裡的氣氛遠遠更沉穩。你握著寫有旅館地址的紙條，沒有尋找警察，也沒有比手畫腳向導遊阿姨求助，只是沉默地仰望教堂正面入口的大門。在那上方，半圓形的浮雕吸引了你的視線。

那是彷彿用積木堆成的可愛教堂。除了拱形窗戶和後方的高塔，沒有醒目的裝飾，石砌牆面已風化成不干擾白楊樹綠色的色調，尖起的屋頂以溫柔的角度切割藍天。

起初你沒發現石頭浮雕是什麼形狀，還以爲只是不規則的圖形。但是隨著眼睛慢慢適應陽光，視野聚焦，察覺自己走失時那瞬間的緊張也平息後，你逐漸看出那是五花八門的人類，或者該說是疑似人類的生物集合體。

在中央橢圓形的圍繞守護下，無數小人圍繞著最醒目最大的一個人。不管單看哪一個都沒有重複的細節。有的袒露肋骨突起的胸膛，有的歪著嘴手握扁擔，有的似乎正要被起重機似的巨大雙手拔下腦袋，也有的被乾癟的木乃伊咬住，還有肩並肩靠在一起發呆的一群人。他們配合半圓中的有限空間，卑微地縮起身子，或者手腳異樣拉長，沒有一個人的姿勢自然。

陽光正好直射，他們浮現在曚曨沉靜的銀色中。無論多小的縫隙、孔洞或線條，陽光平等地照耀。

你掌握眺望浮雕的竅門後，把視線轉向支撐半圓形底部、彼此相連的更小的一群人。他們用脖子勉強支撐頭上展開的一團混亂。彎曲的膝蓋和歪斜的腦袋，使得他們各個都像受到嚴重打擊頹喪消沉。半開的嘴巴內部黑暗，眼眸的孔洞深邃，肩上掛的包袱沉重。可他們並無群起反抗之意，全都靜默地駐留在浮雕中。

你由左至右，逐一審視每個人，慎重確認。你覺得如果不慎漏掉其中一人會很失禮。其中也有蹲在眾人雙腿之間躲藏的，不能大意。被遺漏的人，頭頂肯定會加上更多重量，壓得膝蓋骨吱呀作響，他們的痛苦程度完全取決於自己的用心與否——這個確信支配了你。你的脖子不由得痠痛，但你告訴自己，和浮雕中的他們比起來根本不算什麼。

他們的表情隨著日光的角度而微妙改變。飽經風雨的風化質感和溝槽的堆積物，醞釀出韻味深遠的氛圍。兩隻似乎是從廣場飛來的鴿子意外出現，停在圍繞半圓形的凸起邊緣上，但或許是待得不舒服，鴿子立刻又飛走了。

看到最後一人，那個雙膝像是被砍斷般曲起，勉強蹲在狹小縫隙間，還不忘憂心望著身旁人的善良某人時，你終於見到大門開著。那群觀光客在導遊的帶領下，早已消失在教堂中。原先一直聽到他們的聲音，此刻也將消失在門內深處。你沒有意識到自己正違反「不能走動」的規則，邁步走進教堂。連結母親和你的紙條，已被汗水浸濕。

父親和母親爆發了口角。他們互相推卸責任，怪罪對方不夠留意，隨即醒悟這樣做完全是浪費時間，轉而採取適當行動。他們聯絡該聯絡的對象，繞著廣場一圈又一圈大喊你的名字，也徒步逐一搜索從廣場延伸出來的五條街。你走入的是行人最少、完全沒有熱鬧足以吸引孩童目光的那條街，因此被排在最後搜索。從廣場放射延伸的街道，就算彼此相鄰，愈往前走也逐漸朝不同的方向遠離。不管怎麼拚命尋找，都只離你待的教堂愈遠。

母親想起這次旅行一開始，在轉機地點的飯店發生的小風波。你們用廉價機票轉乘，好不容易抵達機場附近煞風景的飯店，結果一打開行李箱就發現髮油的蓋子脫落，裡面的液體全灑出來了。髮油浸蝕行李箱的每個角落，散發強烈的氣味，毀了所有的東西。你的褲子變得黏答答，當作儲備乾糧的餅乾泡爛了，母親唯一一件連身裙也染上大片汙漬。

那個慘狀肯定是誰給的警告，母親思忖，如同你站在教堂前感到不能遺漏浮雕上任何一人時同樣強烈的確信。

飯店房間狹小得甚至無法把行李箱完全攤開，被時差和酒精味搞得頭暈腦脹，母親和父親把行李全部取出，能洗的就洗，用濕毛巾擦拭，沒救的就扔掉。那是父親用的髮油，不知怎的，父親的行李卻幾乎完好無傷，這個事實更讓母親心力交瘁。而你就在二人身旁呼呼大睡。

怎麼搓都搓不掉髮油的痕跡。二人趴在地上，忍著作嘔，不得不承受看不見終點的苦刑。那是很適合用來警告旅程第四天兒子將會走失的苦刑。

母親想像你穿著殘留髮油味的褲子在陌生人群中興奮蹦跳的模樣。她分明看見，比流感和咽結膜熱更邪惡的那隻魔爪正要奪走你的暗影掠過眼皮。她壓根不知道，你呆站在教堂前，一心只祈求能夠稍微減輕浮雕中那些人的苦刑。

教堂內遠比你想像的昏暗。剛走過的大門外明明陽光普照，卻只有其中幾道光線遲疑地射入。石板地面磨損，染上暗影後彷彿是濕的，冰涼地吸住鞋底。地板每一個小凹陷都像水滴。

人們的話語在教堂內壓低音量，爬過石板地面，震動水滴。依舊以導遊爲中心聚在一起的那團觀光客，排成細長隊伍，走向圓頂形的後方。你無從得知那是什麼地方，不知怎的卻理解不發出聲音才是正確的舉動，於是你緩緩邁步，盡量不擾亂那陰暗。你發出的，只有鞋底撫過略帶圓潤的石板表面時的動靜。

左邊和右邊，各有五根柱子規律排列。就像聳立在石板大地上的巨樹。那些柱子散發令人不得不仰望的威嚴。你的手按在最前面那根柱子上，歪起頭，發現柱子連接天花板之處也有和大門上方一樣的浮雕。牆壁高處的小窗透進微光，溫柔籠罩那浮雕。

一名少年倒吊著，被有鱗片的怪鳥用嘴將身體扭成麻花。頭髮倒垂，眼珠瞪得好像隨時會掉出來，求救的右手空虛地抓著空氣。少年半開的嘴唇至臉頰一帶，由於石雕表面斜著龜裂風化，看起來像在流口水。怪鳥明明正要撕碎少年的胴體，卻未察覺自己嘴喙的粗暴，只露出狀況外的裝傻表情。一旁看似父親的男人，露出比鳥更空虛的目光抱著頭。

「你現在才來？」

突然間，一個男人從柱子背後轉頭對你說。彷彿早知你會來，口氣毫不客氣。你吃驚地從浮雕上的少年移開目光。

那是個身材高大肩膀寬闊的男人。亂糟糟的黑色鬈髮和深色西服融入黑暗中，整體的輪廓模糊。不知是那群觀光客的一員還是不相干，獨自站在離隊伍尾巴略遠處。你小聲回答「是」。

「時間正好。你看，陽光和柱子平行地照入。」

男人滿意地點頭。

「在這種角度下，柱子的雕刻會照到最好的光線。在這個季節，太陽的角度只有短短數十分鐘恰到好處。你很幸運。」

男人一動，黑暗也跟著動，你不禁退後一步，但奇妙的是，你並不害怕。或許是因爲你知道，男人的聲音和那群人發出的聲音是同一種。那群人聚集在圓頂正下方，忠實地望向導遊用旗子指的方向。另外也有幾個從陽光普照的外面穿過大門進來的參觀者映入眼簾。從外面看的時候，教堂明明像小積木，可是即使有這麼多人進來，室內依然很寬敞。

「這是哪裡？」

你冷靜了一下，方才開口問道。你對詢問陌生人這個行爲本身感到困惑，同時，也對自己在石頭間回響的聲音吃了一驚。那個聲音很成熟，很生疏。

「是教堂。」

男人彷彿覺得走失的孩子這麼問是理所當然，用爽快的語氣回答。

「是用來保管聖遺物的箱子喔。」

「聖遺物是什麼？」

「創造奇蹟的人死後留下的紀念品。不過，多半都是假的。」

你不知道那是不是自己尋求的答案，但至少，對話成立讓你鬆了一口氣，跟在穿梭柱子之間的男人後面。男人邊確認太陽的角度邊仰望高處，你也跟著仰頭看去。

每根柱子的浮雕都不同。人人都在遭受某種痛苦。股間要害被蛇吞食。乳房被磨臼壓扁。被自己的頭髮勒住脖子。身體只有一個，腦袋卻分裂成二個。耳朵巨大……

不知不覺你跟著男人一起參觀。即使只是一根柱子，環繞一圈的浮雕也會變換表情，愈凝神細看，就愈顯深奧。再小的縫隙也必然雕刻著什麼。有時以為只是空白，換個角度一看頓時和相鄰的側面連接，變成怪物身體的一部分或者製造痛苦的工具。正如男人所言，小窗射入的光線恰好在柱頭交錯，讓他們浮現空中。

一隻手臂肥大變成橫笛。嘴唇被青蛙吸住。過長的指甲彎曲貫穿手掌。肚臍長出樹木，而且那樹上結實累累……

他們的眼睛和嘴巴都只是洞。是被鑿空的素樸小洞。或也因此，他們看起來都不像在傾訴降臨自身的災難造成的悲慘痛苦。賦予痛苦的那一方也是，反而瀰漫一種「如果可以，眞不想幫這種忙」的氛圍。他們沒有絕望地哭喊，也沒有暴露出殘忍，彼此只是在沉思，自己爲何會變成這樣。

就算形狀是單純的小洞，塡滿那深處的卻非普通的黑暗。那裡堆積著他們被迫背負百思不解的謎團所發出的無聲話語。那是深厚的地層。或許是爲了不打擾陷入沉思的他們，小窗的光線也沒有照到眼睛和嘴巴最深處。

「這些人，是什麼時候開始在這裡這樣的？」

你對著男人寬闊的背影問。

「在你出生的很久很久之前。」

男人依然凝視柱頭，如此回答。

「那已經很久了欸。」

「而且，不難想像，在我們死後也將一直這樣。」

「噢……」

你不禁發出摻雜感嘆與同情的聲音。唯有「也將一直這樣」這句話縈繞耳邊久久不消。

隨著導遊揮動旗子，那群人往牆邊移動。他們發出的喧嚷依舊緩緩盤旋。

你回到最初的柱子，像之前站在大門前那樣，從頭再次凝視浮雕上的人們。

「一直不能動喔。一輩子都被關在柱子上。」

你這麼提醒自己。這點，和被鳥喙扭轉身體，對你而言同樣悲慘。你開始感到，獻給這些在漫長時光忍受那種酷刑的人們的，不該是同情，而是尊敬。

你眨眼，雙腳用力站穩。你在心中解放有鱗片的怪鳥，把少年的身體轉回正常狀態，替他擦去口水。少年撫平凌亂的頭髮，跳舞表達感激。得知身體正常連結，舞步變得益發輕盈。頭上有鳥盤旋，用終於獲得自由的鳥喙婉轉歌唱。

吹橫笛的人察覺少年跳舞造成的震動，於是舉起一隻手，用自豪的演奏替舞蹈錦上添花。感動的觀衆用巨大的耳朵鼓掌，撞擊過長的指甲要求安可。其間，你一直對分裂的兩個腦袋公平說話。累了之後，全體就在有蛇和青蛙遊玩的草原坐下，從沒被壓扁的另一個乳房擠出乳汁，摘下肚臍的果實分食……

你沒有意識到，當你再次繞行柱子，男人一直跟在後頭。他默默站在不會擋住你視線的位置。站在背後的他，身形看起來更高大。教堂外的喧嚷遠去，小窗和大門依然只有細微的光線照入。

浮雕中的人們，在自己眼睛和嘴巴的黑暗中，如你想像的那樣自由自在走動。無止境地潛入思索的地層最深處。你得以賦予他們多種自由。舞蹈，奔跑，跳躍。攀爬，投擲，旋轉。和你自己平時做的一樣，所以一點也不難。不知不覺他們的身影替換成你。他們就是你，你就是他們。

「隨便怎樣走動都行喔。不用擔心。」

你呢喃。

「因爲，絕對不會走失。」

你把手心貼在柱子上，用來代替碰觸他們。石頭的冰冷，把地上的走失孩童，和在天花板上無法走失的人們連結在一起。

「對，沒錯。正如你所說。」

男人沒有忽略你的喃喃自語，如此附和。

在母親的記憶中，你在那次出國旅行時的走失，無疑留下最痛切的刻印。光就時間而言，只有六小時，或許還不如在海水浴場走失那麼久，但那種事完全不重要。扣除語言不通和地理環境不熟悉的因素，那次兒子走失時嘗到的失落感之深，依舊難以計數。

於她而言，幾乎堪稱已嘗過一次死亡滋味。那輕易超越過去幾度感覺或將失去你的恐懼，有觸感有氣味也有重量，是短暫的死亡。她獨坐在警局玄關大廳的長椅，在和自己無關的來往人們的喧擾中，回想嬰兒時期的你緊握的空洞，凝視自己雙手之中的死亡。

日後，母親曾經自問，爲何那次格外特別。是因爲在治安不佳的外國，擔心你不是走失而是遭到綁架嗎？單純只是長途旅行太疲累了嗎？抑或，終究還是和髮油的警告有關呢？

想了半天依然沒有結論。但她的思緒總是歸納到一個假設，就此定論。

「或許是因爲，那是最後一次走失。」

當時，身在漩渦中的你們當然誰也不知道這是否爲最後一次，但是歸結到這個假設後，不知怎的就被說服了。有時全家人聚在一起聊起往事，必然再次提起那次走失。在父母一再重述的過程中，它添加了尾鰭，經過雕琢打磨，自然而然成了一樁笑談。但就算用誇張的手勢笑嘻嘻地敍述，母親也絕口不提雙手的空洞曾感到的死亡感觸，而你也假裝完全不記得，只是難爲情地微笑。

在連結廣場和教堂的那條街上找到你的是父親。你沒有抽泣，也沒有驚慌，步伐鎭定，彷彿很淸楚該回到何處。激動的人反而是父親。父親不假思索跑過來摟住你的肩膀，明知再多追問也毫無意義，還是脫口問出每次你走失的時候都忍不住要問的問題。

「你到哪去了？」

到哪去了？你在自己心中重複這個問題。照理說早已聽慣這個問題，不知怎的卻帶著嶄新的音調。自己去了哪裡？爲何這麼簡單的問題卻答不出來？你深感不可思議。

「我餓了。」

「我想也是。走，跟媽媽一起去吃冰淇淋吧。」

這個回答牛頭不對馬嘴，父親仍然欣然接受，沒有再繼續問你去了哪裡。

或許是參觀結束，那群人再次以導遊的旗子爲中心聚成一小團，在柱子之間行進，極爲自然地吞沒了你和男人。彷彿某種審愼音樂的竊竊私語，籠罩了你倆。你再次仰望柱頭。

驀然間，你覺得自己聽見的，或許是浮雕中那些人的聲音。導遊和那群觀光客，都只是將嘴巴開開合合做出嘴型，其實那是列隊支撐上方混亂的人們，以及身體被扭成麻花的少年和有鱗片的怪鳥從無底幽冥發出的聲音，而且，男人一定是口譯員。

不知幾時，在柱頭交錯的光線已解開，浮雕將被遺留在空中。和你一起嬉戲、嘗到片刻自由的人們，也都回到老位置，沉入眼睛與嘴巴瀰漫的黑暗中。就算凝神細看，曾經表演活力四射的舞蹈給你看的少年，身體也早已曚曨不清。

「太陽的角度改變了呢。」

你轉身對男人這麼說。但男人的身影已混入浮雕眾人的聲音中消失無蹤。隨著大門外的陽光迫近，那類似音樂的聲音被光亮吸收，不知遠去何方。

你站在大門外，又變回一個人了。有那麼一會兒，白花花的刺眼光線令你睜不開眼。手中的紙條變得皺巴巴，媽媽的筆跡已有一半快消失了。

當晚，你掉了第一顆乳牙。和軟綿綿又無力的牙齦空洞相反，乳牙堅固精巧。難以置信直到剛才它還屬於自己。你用指尖捻著沾有唾液和血跡的乳牙，對著洗手台的燈光舉起來仔細打量。小小的凹陷和弧度，以及乳白色深處透出的陰影，複雜地交錯組合，每次光線稍有變化，就會浮現種種表情。

「這是我的浮雕。」

你呢喃。像對待聖遺物一樣握緊它。

匿名作家

爲了避免麻煩，我想姑且將戀人稱爲MM先生。

他是人盡皆知的作家。或許和風光的暢銷書排行榜無緣，卻踏踏實實累積作品，擁有死忠的書迷，贏得無數尊敬。作品翻譯成世界各國語言，就連偏僻小鎮的任何小書店架上都有他的著作。比方說，如果做個「流傳後世的本世紀五十大傑作」，或者「臨死前想看的一本書」之類的問卷調查，多半有他的作品名列其中。

我想像某人幾乎被逼近眼前的死亡陰影吞沒，再也無望看完最後一頁的情況下，枯瘦的手還抱著一本書。那人把所剩無幾的時間全部獻給了一本書。只要想到那本書的封面刻著他的名字，我就會滿心驕傲。對於從世上浩瀚書海只選出他一本書的問卷作答者，我要致上感謝。

作答者面對問卷左思右想，從名單中逐一篩選剔除，把最後剩下的那本書抱到胸前，寫下書名和作者。我試著想像那樣的過程。屍體運走後，乾淨的白床單覆蓋床鋪，枕畔兀自放著那本書，彷彿吸收了死者的生存證據，散發靜謐的活力。光線只集中在那一處。以死亡做交換，MM先生與某人之間產生了特殊的親密感。剩下的其他人，也都相信枕畔那本書才是自己愛的那人本身。

我漸漸在意起陌生的作答者。對於行使了僅有一次的「以死亡做交換」這個特權的作答者，我陷入對方趁虛而入、耍詐搶先之感。我明知該抗議卻不得其法，因此益發氣惱。不知不覺，我連剛剛還感謝過對方都忘了。

我一再用食指摩挲並排的戀人與問卷作答者姓名。明知那樣做毫無用處，可是另一方面，隨著我對MM先生的愛意漸深，我也深信，我的指紋一定能把那個介入者的名字擦得乾乾淨淨了無痕跡。這樣搓了三十分鐘甚至一小時後，我終於發現作答者的屍體早已被抬走。我嘲笑自己的糊塗，神清氣爽地吹掉卡在指紋之間的渣滓。

早上醒來，我首先想到的是MM先生。沒有任何與他無關（例如窗外傳來的冷雨氣息，胃腸不適引起的打嗝，想起忘了買牛奶不禁嘆氣等等）的瞬間插入的餘地。從睡眠世界重返人間的那一剎那，我心裡就已充滿了他。

或者反過來，從毫無關係的事物中發現他的存在更是輕而易舉。在咖啡店收音機傳出的歌謠歌詞中，我聽到和他小說書名同樣的一節。在附近的超市，我購買和他家鄉相同產地的蔬菜。散步途中，我發現與他出道之作主角相同姓氏的門牌。察覺在電車門口錯身而過的男人背影和他很像連忙轉頭……諸如此類的事情太多了。整個世界全部充滿他。

或也因此吧。走進書店或圖書館這種明顯有他在的地方，就像自動跳進漩渦眼，反而令我踟躕不前。我的心跳劇烈，額頭冒汗，手腳僵硬不聽使喚。我很清楚他的書放在哪個架子的哪一帶，但是如果直接走向那邊，好像太明顯，未免太不知羞恥。我故意在四周打轉，等待心跳稍微穩定，迂迴穿梭在書架之間，謹慎縮短距離。我深知他的耐性有多強，因此沒必要焦急。走過的人們誰也沒發現我和他的關係。我拚命按捺想要高聲炫耀的衝動。毫無顧忌的大聲張揚，是最不適合MM先生的行爲。

我用他需要的方式爲他奉獻。只要有他的新書出版，我就搭乘電車盡量擴大範圍逛遍每一家書店，在每家各買一本他的新書，累積到四、五十本時，再悄悄把那些書放在城市的各個角落。讓那些書看起來就像是誰不小心忘了帶走，卻又沒有誇張到必須專程送交警局，只會令撿到書的人感覺得到意外的獎品。爲了尋找那樣的地點，我連日徘徊街頭。一小時只有一班公車的站牌長椅、投幣式停車場的收費機上、老人安養中心的信箱、熱帶植物園的陳列架、公民活動中心的櫃檯、路面電車的椅墊縫隙、破產的肥皂工廠警衛室……

適合放置他的小說的地點，並非到處都有。對此，有個只屬於我倆之間的嚴格標準。那個地點不能太醒目，可是若被人澈底忽視也會失去意義，就算好幾年無人發現，也必須能夠保持品格與尊嚴。我絕不妥協。有時徘徊終日卻連一本書的放置地點也找不到的情形並不少見。有時好不容易發現完美的地點，卻有人像是提醒我忘了拿雨傘或手套那樣，隨手拍拍我的肩膀提醒我：「小姐，你忘了拿這個喔。」我在內心憤然嘖了一聲，哀憐那人錯失了邂逅他小說的好運。

失眠的夜晚，我就想像某人正在閱讀我放在世界各地的書。我幻想那個某人站在小說無止境的最底層，面對前所未見的風景啞口無言的模樣。寫小說的當然是他，但是給小說縫上天使的翅膀，引領它去它無法獨自抵達之處的，卻是我。我暗自讚揚自己。

我邂逅MM先生當然也是透過小說。看了第一頁的第一行，我立刻發現此人擁有特別的聲音。

我從小就知道故事不是用文字而是用聲音書寫。寫了什麼不重要，於我而言最重要的，是用什麼樣的聲音敍述。一翻開繪本，文字便像緞帶倏然解開，化爲聲音傳達給我。而且傳來的不是登場人物的聲音，更不是正在閱讀的我自己的聲音，是作者的聲音。所以我很熟悉安徒生、米恩[1]以及卡斯特納[2]的聲音。只要我想，他們隨時會靠近我，近得幾乎感覺呼吸噴到耳垂，只爲我一人朗讀故事。得知他們其實早就死掉的時候，我甚至震驚得發燒，在家躺了一整天。

我對聲音的執著，說不定和我家開設耳鼻喉科診所有關。診所的生意興隆，擠不進候診室的病人甚至排到中庭，從早到晚鬧哄哄。我喜歡偷偷躲進隔開住家和診所的儲藏室觀察診療室。壓舌板、導管、鐵絲、橡皮管、棉花棒、漏斗、噴霧器、手術刀。父親把各種工具插入人們的孔穴，身爲護士的母親按住他們的肩膀，確保插入的正確角度與深度。無論面對的是還不會走路的嬰兒或彎腰駝背的阿婆，一概毫不留情。病人被拉扯喉結，不由發出下流的呻吟，被硬生生撐大鼻孔，透過圓盤的洞被窺視耳朵深處的黑暗。面對這些病人，不知怎的就會有種神祕感。這些忍著屈辱拚命想找回自己聲音的人們，異常堅強。

在我迎來初潮的年紀，有段時期很不好意思讓人聽見自己的聲音，不管在學校或在家都靠筆談度過。那和不想說話、不想與人打交道稍有不同。總之，自己的聲音被誰聽見，就像喉嚨入口垂墜的皺折被撐破，鼻子和耳朵交會的祕密洞窟遭到侵入一樣，充滿暴力性。我甚至覺得與其那樣還不如讓人看見經血。

爲何大家都能泰然自若、毫不在乎地將聲音向四面八方散播，令我深感不可思議。我把製藥公司送的記事本藏在裙子口袋，有必要說話時就全部寫在那上面交給對方。粗魯撕下的紙條，和我潦草難以辨認的字跡，通常令對方很不愉快。

同樣也是在這段不愉快的筆談時期，我發現小說的聲音也分很多種，絕非人人擁有絲質緞帶那種觸感，其中也有些作品的文字令人費解，甚至無法化爲聲音。

第一次聽到MM先生的聲音時，由於太自然、太坦誠、太令人仰慕，我甚至忘了自己是在看書，不由自主閉上眼試圖傾聽。絲綢的質地，打結的方式或解開的方式，全和我看過的任何作家不同，不知怎的卻令我油然心生懷念。我發現這才是我必需的聲音。

那聲音具有厚度和光澤，微微帶點鼻音的柔軟。無論在任何場面，始終不慌不忙，不卑不亢，不會用小伎倆矇混。當我忘情閱讀，明明深受震懾，不知不覺卻又被聲音的雙臂擁入懷中。聲音的嘴唇，觸碰我身體最柔嫩之處。我終於拿起了他的書，那本被悄悄放置在自我無言的青春期以來，一直被空虛棄置的祕密洞窟的書。

後來不管是多短的作品，只要是他寫的我統統都看。書評和訪談報導當然也從不錯過，但那終究比不上他自己寫的文章。他的聲音中，包含他的一切，光是那樣就已足夠。毋需索求其他，完美、永恆的形式就在那裡。

例如當我拿起厚重的文學雜誌，不用看目錄，一翻就能翻到刊登他小說的那一頁。單憑直覺，我就能感到那個聲音藏在何處。就像從眾多雜音中，揀取唯一一顆光芒截然不同的寶石。

老實說，他的容貌幾乎不具有任何意義。第一次在簽書會見到他本人時，那瞬間，我理解了「沒有任何肉體勝於聲音」這個事實。當然，我並不是抱怨他的外貌比想像中寒酸，只是在深深咀嚼對作品的聲音益發憐愛的幸福感。排在長長的隊伍中請他簽名後和他握手時，我太緊張了，根本無暇去體會感觸。我用雙手包覆他的右手，不禁垂首用額頭摩挲，直到工作人員忍無可忍半勸半拉地扯開我，我始終在虔誠獻上「就是這隻手創造出那個聲音吧，謝謝您」這感謝的祈禱。

我沒告訴任何人，其實我把MM先生寫的小說，包括長篇十三作、短篇三十三作、極短篇九作統統背下來了，連超過五百頁的巨作也不例外。從出道之作到最新作，從開頭到最後一個句號，無一字遺漏，也沒有一個助詞錯誤，是眞正的倒背如流。

只要有新書出版，我立刻執行那個放書戰略，同時展開背誦作業。這件事亟需毅力，有時會覺得永遠看不到盡頭，但我絲毫不以爲苦。不僅如此，我還覺得能夠整天傾聽他的聲音，簡直太幸福了。不過，無法爲他分擔的辛勞，也令我備感愧疚。

背誦作業在我上班時最有進展。弟弟繼承耳鼻喉科診所後，我整天坐鎮掛號櫃檯。爲了盡可能不讓病人聽見我的聲音，我拜託弟弟在掛號櫃檯裝設塑膠板，只在嘴部鑿出圓型小孔。掛號卡和病人塡寫的個人資料、處方箋，就從櫃檯和塑膠隔板之間的縫隙收取。

父親用過的醫療器具都已落伍，診所不再如往日生意興隆。弟弟的妻子接手了壓制病人的工作，比我媽下手還狠，大家都很怕她。

我待在櫃檯內塞滿泛黃病歷表的櫃子環繞的狹小空間，等待病人上門，邊垂眼看著攤在膝上的書。我用雙手捧起每一行每一句，像簽書會頂禮膜拜時一樣貼在額頭摩挲，讓字句滲入大腦。我手腳很笨，再怎樣小心翼翼，聲音依然從指縫掉落，每次都得重新撿起來，但焦躁是大忌。小說中，流淌著就算把我的一生再三重複都還有餘的時間。

他的聲音，一點一滴在祕密洞窟響起。震動黑暗的回聲，和他的聲音同步，傳遍洞窟的每個角落。

不知不覺我追逐著回聲，嘀嘀咕咕嘟囔。當然，那不至於打擾他的聲音，只不過是低微的呢喃。

「從前天開始流黃色鼻涕。」

可是病人毫不留情地打斷我的呢喃，半帶炫耀地理直氣壯宣告他們的病情。

「扁桃腺蓄膿，有臭味。」

我不甘願地中斷作業。把嘴巴遠離塑膠板的小孔，以免聞到鼻涕和膿液的臭味，沉默地把個人資料表和溫度計推給對方。

長息肉，鼻肉芽腫，追加藥物，耳漏，找的零錢不夠，過敏，流鼻血，健保卡遺失，異物混入……病人不知掛號小姐此刻正全心投入多麼崇高的行爲，不斷提出他們任性的要求。每次，我都得牢牢撐著膝上的書以免滑落，透過塑膠板小孔進行最低限度的溝通好打發他們。我得小心再小心，免得他們散播的瑣碎事物的髒汙，令他的聲音產生混濁。

把一本書全部背完時的喜悅難以計數。做完最後檢查，確認自己沒有因囫圇吞棗而誤解，也沒有記憶不確定之處，終於可以闔起最後一頁的瞬間，嘴角自然浮現笑容。我感到全身容納了他。我確信，世上不可能有其他情侶能夠如此完美地融爲一體。

這下子再也不用擔心了。就算被強盜綁住手腳囚禁好幾個星期也無所謂，只要打開祕密洞窟的大門，就能聽見他的聲音。或者，就算全世界的書都被焚毀，獨自被遺留在那灰燼前呆然佇立，他的聲音，也活在我體內。

「耳朵塞滿這麼多黏答答的分泌物，聽都聽不清楚。」

又一個病人出現。把耳朵的分泌物抹在塑膠板的小孔上，企圖博取同情。

「好的，不用擔心。護士小姐會溫柔地用清潔棒給您掏出來喔。」

背完整本新書，心情愉快的我難得浪費時間說廢話。哪怕是中耳炎的病人，也無法拆散我和他。

有時MM先生會舉辦讀者見面會。利用圖書館的談話室、大學的視聽教室、書店的會議室，談論小說或與其他作家對談。是僅有五十人的小型聚會。在那種場合，我會盡量坐在角落，避免做出引人注目的舉止。我怕一不小心讓別人發現我倆的關係，會對他造成困擾。

每次都參加，久而久之自然看到的都是同一批熟面孔。他的書迷不分男女老少，有種彷彿從世界各地不偏不倚公平揀選的一板一眼。不過，大家都散發出沒什麼朋友的氣質。一身保守的裝扮甚至堪稱傳統守舊，長相平庸，攜帶的東西多半只有一個小包。幾乎都是獨自來參加，熟悉彼此面孔後也不會交談，始終堅守各自的孤堡。就算置身在這些低調的人之間，天天躲在塑膠隔板內的我還是能輕易做到毫不起眼。

我在那種讀者聚會闖下大禍，是在他第六本長篇小說出版未久的時候。當天聚會進行到最後，輪到讀者發問。以往從未有過那種情形，也不知是運氣不好還是怎樣，那天偏偏誰也沒舉手，只有沉默尷尬的空氣流淌。爲了替他解圍，我做了平時絕不會做的事。我舉手發問了。

「今天謝謝您寶貴且令人愉悅的一席高見。我長年喜愛您的作品，是您的書迷。我的身邊能夠有美好的文學帶給我的人生豐碩果實，全部拜您所賜。藉這個場合，我要向您鄭重致謝。說到您自出道之作以來，對於水中生物，尤其是一再改良品種已達畸形怪狀之域的金魚、利用吃大王烏賊的抹香鯨糞便製作的線香、腔棘魚的骨骼標本、養殖魚、魚拓等等經過人類加工的魚類特別執著，已是有名的話題，它們往往和小說的主題有關，或者扮演拯救主角逃出困境的重要角色，或者潛入主流的深淵只是悄悄窺探水面，粗心大意的讀者甚至會忽略掉。對於那些究竟象徵什麼，評論家做出種種推論，有人說是您童年壓抑的記憶，也有人說那是男性征服欲的變形投射，做出煞有介事的結論，身爲讀者反而多少也覺得那種詮釋是多管閒事……」

我漸漸語無倫次。爲了不讓人察覺我與他的眞實關係，我刻意使用客套疏離的言詞，導致內容東拉西扯愈來愈混亂蕪雜，偏偏面對的不是別人而是他，我還得忍受不透過塑膠隔板直接發話的羞赧。

「……每次您出版新作，我都很期待這次會有哪種水中生物以何種形式出場，當然那和小說的本質無關，卻是死忠書迷才懂的樂趣，沒有發現水中生物時也會覺得若有所失，當我以幾近暗號的形式發現那個，大多數讀者卻根本沒發現的時候，也會覺得彷彿在競爭激烈的比賽脫穎而出……」

我和他之間相距數公尺，但是無論怎麼凝神注視還是沒有塑膠隔板，只有參加聚會的人們成排的後腦勺。我思念那沾有鼻涕和耳漏分泌物和膿液的塑膠隔板上的小孔。既然如此，我趕緊結束發言也就沒事了，可我愈焦急，話語卻愈是源源不絕溢出，也偏離了自己究竟爲何站在這裡的本來目的，陷入無藥可救的狀態。

「……不管是壓抑或征服，總之唯一確定的，就是您對水中生物有深厚感情，有時甚至可以說那已近似畏懼也不爲過，我們這些忠實書迷一翻開書就彷彿徘徊在深海，傾聽您隨著肉眼不可見的水流漂來的聲音……」

這時，一名觀衆發出全場都聽得見的響亮嘆氣。那是明顯帶著不耐煩的嘆氣。或許就是那聲嘆氣摁下了無形的開關。

「在您早期的散文小品集中，出現過主角的母親深夜潛入水產試驗所的一幕，請問，那是在暗示什麼嗎？」

一回神才發現我已問出自己都無法解釋的問題。我的語氣很冷靜，足以抹消之前的混亂，結束一切。但問題是，就算翻遍他的所有作品，也沒有那樣的場景。

潛入水產試驗所？我無聲自問。比起在場任何人，甚至比起ＭＭ先生自己，完美背下全部作品的我，不是應該最清楚根本沒有那一幕嗎？

室內再次降臨沉默。不知不覺我說了好一陣子，原是爲了打發尷尬的提問，顯得過於冗長。對於我的發言終於畫下休止符，有人不掩無聊的神情，有人發出安心的呵欠。

只有他毫無不耐。只要看他清亮的眼神就知道。他握著麥克風，細細咀嚼問題的一字一句後，對著呆站原地的我投來深思熟慮的注視。

「沒有稱得上暗示那麼誇張的用意。」

他回答。是我向來在小說中聽到的，我深愛的那個聲音。

「徘徊水產試驗所的母親，想必聽著水流的動靜，做出她個人的贖罪吧。」

他說完，只爲我一人露出微笑。因爲發問者是我，有權接受那個的只有我一人。

「那麼各位，已經超過預定時間了，所以今天就到此……」

工作人員在說什麼我已經充耳不聞。不知從哪意外冒出的虛擬場景，他不僅沒有否定，還澈底當成自己筆下描寫過的情節，做出虛擬的答覆。在我和他之間，誕生了誰也不知道、只屬於我倆的故事。

我以爲無法挽救的大錯，原來是他加深我倆愛情的贈禮，察覺這點後我喜出望外，好不容易才穩住如在夢中幾乎暈倒的自己，舔拭乾澀的雙唇，用裙子擦拭手心的汗水。不能只招呼我一人的他，在工作人員的催促下起身，鄭重一鞠躬後走出會場。觀衆拿著單薄的包包沉默解散。全體離去，白板和水壺和折疊椅都收拾乾淨後，我依然待在原地不動。

「不好意思，時間差不多了……」

工作人員按著開關，準備關燈。我久久凝視浮現在空曠室內的深夜水產試驗所。那裡充斥著和有他聲音回響的祕密洞窟一樣的黑暗。

從此，我養成了每次聚會都拿他其實根本沒寫的虛擬情節發問的習慣。不久，我已不再說出冗長無法收拾的開場白，學會簡短扼要地統整問題，也懂得如何使自己舉手時看起來精神抖擻又爽朗，好讓工作人員能夠點到我叫我起來發問。

不需想得太複雜。我和他追求的毋寧正好相反，是輕盈短小。是給小說增添一抹色彩，不干擾主軸又能隱約添加風味的小小調味料。輕描淡寫的對話，讓任何讀者都以爲或許眞有那樣的情節。除了我倆之外就算有人想找也絕對找不到，那是躲在暗門後面的小插曲。針對那樣的事物，我思考著謹愼卻又燦然生輝的發問方式。

母親喪禮那天，兒子忘了拿的雨傘顏色。和戀人一起吃的鮭魚的烹調方式。別墅飼養的漢氏澤蟹的壽命。作品A與B都出現停電的巧合……

事實上誰也沒忘記拿傘，當然也沒有飼養澤蟹。一起吃的是雞肉，作品B根本沒提到停電。就算找遍我倒背如流的文章也不會有。我在心中如此吶喊，冷靜地發問。這種失衡感令我亢奮。愈是告訴自己不能形諸於色，臉蛋就愈不受控地發熱。

他眨一下眼，抬手去碰眼鏡框。那是「嗯，這個問題非常好」的暗號。光是那樣，我們就能比握手或接吻更熱情地締結共犯的誓約。

他的回答毫不猶豫，蘊含體貼。雖是簡短的問答，卻能感到「讓我倆通力合作，創造令人興奮的片刻時光吧，沒問題，包在我身上」這樣的訊息。每次我倆都合作無間。簡直就像事先套過招，非常有默契。不，他的聲音早已完整收納在我的洞窟中，原本就不需要套招。

我倆就這樣一次又一次創造只屬於二人的故事片段，一起累積。我的問題泉湧而出。我夢想著有一天，或許會有虛擬的片段比小說本身更龐大的時刻降臨。

每當聚會的日子接近，我就迫不及待，徹夜難眠。我知道，期待到了最高點時，反而分不清是喜是苦，陷入煎熬的心境。每天在月曆上打的叉，看似某種不祥的記號。

當天如果是在診療時間內，掛號處的工作我當然會請假，穿上二十五年前買的唯一一件連身裙，拎著只裝了一條手帕的單薄皮包，在聚會開始的好幾個鐘頭之前就前往會場。我在建築物周遭繞圈子，思考這次該問什麼問題。平時很少穿皮鞋，腳後跟磨破了，可我沒有停下腳步，反倒覺得痛得愈厲害，我和他交流的愛的意義也會隨之更深刻。我故意讓腳後跟摩擦鞋子，加快步伐。距離報到入場，還有很多時間。

不知繞到第幾圈時，一隻皮鞋的鞋跟卡進旁邊水溝的鐵絲網，從根折斷。我的身體醜陋地一歪，鞋底發出摩擦的怪聲。我知道絲襪破了，已被血沾濕。

「這是用疼痛換來的。」

配合腳步聲，我喃喃低語。

「有痛才有愛喔。」

我一再用力地告訴自己。

ＭＭ先生的小說中，最喜歡的是哪一篇？有時，這個問題會不知從哪降臨困擾我。如果是單純的書迷，當然只要心無旁騖地比較哪一篇最有趣就行了，可是像我這樣立場的人，我很清楚地意識到，不該給作品排出先後高下。我對他的愛不可能有順序。

不過，看到他最新出版的第十四本長篇小說，我終於破戒了。我決定這本就是第一名。因爲主角深愛的女主角正是以我爲藍本，把它放在最高峰還需要顧忌什麼？他肯定也會同意我這麼做。

還沒看完第一頁，我已察覺這個重大事實。他的聲音比以往更親密，飽含暖意，隱約還帶點羞澀。那個聲音化爲一股清泉汩汩流過耳道，震動耳膜，敲響祕密洞窟的大門。在黑暗中響起的震動，餘韻久久不消。

「對啊，我當然看得出來。那當然。」

爲了暗示我已明白他的意圖，我撕開腳後跟的結痂，在小說的扉頁蓋下血印。

主角是個內向的推銷員，遊走各個城鎮，四處向公家機關和學校乃至私人公司行號推銷文具用品。常年使用的手提箱中，裝滿各種樣品，以便應付任何任性顧客的要求。手提箱的握把已順著手指的形狀變形，扣環也被手垢弄得霧濛濛，合成皮沁染體味，幾乎已成爲他的肉體一部分。可以說，那裡面裝滿了他的全部人生。

有一天，因鐵路罷工沒搭上預定班車的他，一時興起，在鎮上冷清的劇場看了《胡桃鉗》，對飾演糖果仙子的芭蕾舞伶一見鍾情。從此，他天天勤跑劇場，每天送一支玫瑰花，在卡片寫下愛語。故事設定把醫院的掛號小姐改成了芭蕾舞伶。

他誠實地表白自己只能愛上幽禁在狹小空間的人。例如售票窗口的站務員、行動圖書館的館員、專門畫郵票的畫家……他毫不隱瞞地說出自己曾經喜歡的人們。

「而你，雙腳幽禁在芭蕾舞鞋，身體幽禁在舞台這個空間，可愛地不停旋轉舞動。無論任何人極力伸長雙手，也無法玷汙你。」

他說著畏畏縮縮放下本想碰觸芭蕾舞伶臉頰的手，重新握住手提箱。

察覺臉頰本該感受到的溫熱遠去，我垂下眼簾，拉起他的手輕輕按在塑膠隔板上。他吃驚地繃緊身子，但是看到我的臉頰染上比他送的玫瑰花更純眞的色彩，他安心了，盡情品味隔開愛人的那面板子帶來的觸感。他的指紋形成流線型的紋路浮現，把病人的汗垢徹底洗滌。我配合由病歷表和檔案櫃和櫃檯包圍的空間縮起身子，被幽禁得更小，同時用目光追尋他的指紋。

我最喜歡的，是在逐漸親密的過程中，二人一起凝視主角飼養的孔雀魚那短暫的瞬間。他把從客戶的小學免費拿到的孔雀魚放進院子的水缸，當成朋友一樣寵愛，對著孔雀魚訴說無法告訴任何人的愛情煩惱。他們在水缸旁坐下，手指搭在缸邊凝視孔雀魚。每當孔雀魚的背鰭閃現光芒，或者藏身水草潛入水中，就有某一方發出短促的驚叫，除此之外，二人不發一語。雖然心裡其實很想愉快地交談，卻又不知該說什麼才好，只能假裝此刻孔雀魚比什麼都重要。當然芭蕾舞伶本就是沉默地跳舞，而推銷員的工作是不停說話，因此工作以外的時間往往只想盡量保持安靜，二人對沉默都不以爲苦。水面映現二人的臉孔。就算不說話，二人也如願被幽禁在圓形的水面中。

我假裝專心看孔雀魚，用不放過任何細小變化的熱情，小心翼翼抬眼窺視他。塑膠隔板反射候診室的燈光，身影無法清晰映入視野令我很焦躁。我一再眨眼，試圖清除眼中的陰翳。候診室的病人擺出一有機會就隨時可能過來打擾的架勢。後方的診療室，傳來吸取鼻涕的幫浦聲。終於忍無可忍的我，顧不得書本從膝上滑落，猛然從櫃檯的椅子站起來，把自己的手掌疊合在他的指紋上。塑膠隔板好像有點黏黏的。無論怎樣試圖加深沉默，他的聲音也帶著沉默之名，不斷在洞窟繼續回響。他的臉孔隱約映現在塑膠板上。那群孔雀魚或許正越過水面，輪廓有點晃動。我傾聽著回聲，把臉貼近塑膠板，親吻映現在那上面的他。

「那麼，最後再請一位發問。好，那位小姐。」

今天工作人員也叫到我。我對握麥克風的方式，或是稍微停頓一下吊人胃口的態度，都已駕輕就熟。

「小說中提到二人探頭看孔雀魚，臉孔倒映水面，水面晃動時就像在接吻，芭蕾舞伶不由碰觸自己的嘴唇。那比您過去任何作品中的愛情場景都美麗，請問是什麼讓您產生這樣的構想呢？」

繞著會場轉圈子時不斷反覆修正過的問題，就這麼流暢地脫口而出。一如既往，我和他互相送出沉默的暗號，確認彼此的愛。他乾咳一聲，正要說出瞬間創造虛擬故事的第一句話時，忽然有人出聲了。

「哪有那一幕。」

語氣就像是大聲自言自語。

「芭蕾舞伶根本不是純情少女。」

另一人接腔。

「她是無情的叛徒。」

「結果那女人把水缸推翻了。」

「還用芭蕾舞鞋狠狠踩扁在地面跳動的孔雀魚。」

「哪來的美麗愛情場景？那人每次都胡說八道。」

坐在最前排的人轉過頭來指著我。

「專門爲難老師取樂。」

「睜眼說瞎話的慣犯。」

「這女人眞煩。」

「只有尊重老師作品的人，才有資格聚集在這裡。」

「沒錯。滾出去。」

「現在就滾。」

「看了就礙眼。」

七嘴八舌的聲音不斷冒出。在場的人都看著我。我試圖甩開想抓住我的工作人員，靠近他向他求救，可是扣住我手臂的力量比想像中更強，我一步也無法前進。

「放開我。太沒禮貌了吧。沒有人比我更能夠正確理解他的小說。我全部背下來了。他的聲音和我的聲音，已經如此完美地重疊，融爲一體。我隨便舉例都能證明。不信你們聽好。」

我開始從他最新作品的第一行背誦。用連我自己都驚訝居然能發出這種大嗓門的音量，一行一行朗聲背誦。我和他要用我倆的聲音擊退這些不明事理的傢伙。周遭哄然，陷入混亂。幾個身材特別強壯的人自告奮勇幫忙，拽著我的頭髮，摀住我的嘴巴，見我這樣還不停止背誦，又掐住我的脖子。我被拖倒在地，全身上下遭到踐踏，但我絕不退縮。誰也無法破壞我的洞窟。我的背誦永無休止，仍在繼續。

1 米恩（A. A. Milne, 1882-1956）：英國作家，著有《小熊維尼》。

2 卡斯特納（Erich Kastner, 1899-1974）：德國作家，著有《會飛的教室》。

盲腸線的祕密

曾祖父不知從哪聽說，行經住家附近車站的盲腸線電車陷入赤字，恐有廢線危機，從此明明沒事卻每天搭乘電車。他是怕本地居民將因此交通不便，決定爲阻止廢線稍做貢獻。

全家人目瞪口呆，雖然好歹還是勸過他「別做那種無謂的舉動」，勸阻不了後就懶得再管了。無論是下大雪或刮颱風的日子，只要電車行駛，他就會遵守那個日課。曾孫除了去海水浴場過一夜的那天，以及罹患流感請假沒去幼稚園的日子，通常也會同行。

那是從連結東西區的路線分出的支線，像盲腸一樣伸向北邊山側，只有三站。相較於其他路線互相交叉匯合、不斷向地圖前方延伸，這條路線短得令人瞠目。就像是誰閒著無聊順手安上的多餘突起，終點站無法銜接任何地方，孤伶伶遺落。只有兩節車廂的豆沙色電車就在那來回不用十分鐘的突起上往返。單就路線圖所見，的確覺得就算哪天廢線了想必也沒有太多人在意。

他們就住在三站之中的中間那站附近。好不容易等到曾孫從幼稚園回來，二人一起吃點心。是祖母做的，通常是一點也不甜的布丁或蒸麵包或果凍。

「好了……」

把茶喝光，撢掉鬍子上的點心渣站起來，就是出發的信號。要做的事情明明一成不變，曾祖父的語氣卻每次都有種緊張感，彷彿即將迎向無法預測的事態。

「好了……」

每次聽到這句話，曾孫就會察覺二人肩負的作戰使命之重大，暗自激勵自己：上吧，這和在幼稚園跟小朋友嬉鬧可不同喔。

不過他們做的，也只是搭乘電車而已。徒步五分鐘抵達車站，把硬幣放進自動售票機買票，將找回的零錢放進錢包。先搭乘南下的電車，抵達和主線銜接的首發站就下車，再搭乘直接折返的同一班電車。坐到終點站後，再次折返回到中間的那一站。既不困難也不危險，只是單純的往返移動。

曾祖父總是讓免費乘車的曾孫執行把票放進自動剪票機的任務。那只不過是連他的小手都能完全掌握的小紙片，但無論是堅硬的觸感，或是塡滿正反兩面宛如暗號的文字、數字、記號的組合，都具備了作戰部隊才有的許可證應有的風格。曾孫挺直腰桿，保護背後的曾祖父，抱著絕對不讓他人起疑的決心裝作若無其事，實則內心充滿自信地把票滑入剪票機黑暗的縫口。順利通過第一道關卡後，他向後轉身。曾孫抬手摸帽簷，曾祖父在瞬間晃動假牙喀嚓一響。那在不知不覺已成爲二人之間交換的暗號。

雖說本就是賠錢的路線，在他們搭乘的午後時段卻更加死氣沉沉，車上只有購物歸來的大嬸，或者看似要去醫院的老人，就算兩節車廂加起來，乘客數也足夠曾孫用雙手數完。爲了避免給人留下「每天固定出現的詭異二人組」的印象，他們盡量每次都坐不同的位置。有時並肩站在看得見駕駛座的最前面，有時倚靠車門，總之努力增添變化。這項作戰最重要的，就是要醞釀出自己是因爲有事、無論如何都有必要才搭乘電車的氛圍。他們絕對不是沒用腦子就隨便搭電車。每一次，二人都會捏造原因，根據虛擬的故事情節扮演角色。曾祖父和曾孫總在心裡交換沉默的台詞。

最常見的，就是採取老人陪幼兒上才藝班的模式，這有個好處，舉凡游泳、電子琴、韻律體操、繪畫教室、兒童合唱團等等，只要換個目的地就能隨意增添各式版本。不過他們最拿手的，不是那種簡單的故事，是更細膩更複雜的幻想。

比方說，二人毫無血緣關係。在祕密警察追捕下，拿著支援者替他們僞造的身分證明，僞裝祖孫試圖越過危險的國界。爲了逃避隨時可能有人驗票的風險，每次在車站一停車，或者有人從隔壁車廂過來時，聰明的小男孩即使幾乎心跳停止，還是很理解自己當下狀況地強裝鎮定。老人並不怕死，但是既然受託照顧這孩子，他早已下定決心，把男孩平安送抵對面便是自己的最後使命。之所以刻意選盲腸線，是爲了混淆敵人的追蹤。誰會想到搭乘支線電車的人要越過國界偷渡？僞裝成包車司機的同志想必正在山腳的終點站等候，老人再三確認接下來直到鑽上包車爲止的程序。他盡可能假想各種途中可能發生的意外狀況，一一備妥對策。

電車終於緩緩減速。終點站就要到了。二人交握的手用力……

曾祖父是瘦高個，這把年紀仍有茂密的白髮，但或許是全副假牙的咬合不良，嘴巴寒酸地癟著。沒修剪的鬍子就像舒適的氣墊保護嘴巴。曾祖父說話含糊不清，拚命對人講話也分不清是否在喃喃自語，曾孫知道，這是因爲聲音被鬍子氣墊吸收了。

年輕時的曾祖父從事哪一行始終成謎。全家上下無人關心那種事。當然如果問他本人，想必會得到什麼答案，不過對曾孫而言，基本上要想像不是老人模樣的曾祖父就很困難。曾祖父是被遺留在老人這座孤島的神仙，是在那島上昂首闊步的巨人。

正因如此，曾祖父得以稱職地扮演各種角色。從間諜、政客、坐過牢的人這類特別人物，乃至只是帶幼兒的退休老人，他的表演版本相當豐富。有曾祖父完美地接招配合，曾孫只要按照自己的意思表演即可。不需劇本也不需排演或事先商量。只要把車票小心放進褲子口袋別遺失，手牽手從月台上電車，之後就能隨心所欲成爲任何人。

唯一遺憾的，就是乘車時間太短暫，絞盡腦汁精心創造出故事，也來不及演完關鍵的結局。

距離雖短，電車駛過的路旁風景倒是變化豐富。穿過住宅區之間就是綿延的雜樹林，其間有蓄水池、幫浦場、關閉的騎馬俱樂部忽隱忽現。有自然觀察園，也有木材堆置場。途中還過了一條小河。鐵橋漆成車身一樣的顏色，看起來像積木一樣不牢靠，卻還是成爲二人旅途的絕妙點綴。過橋的瞬間，映現窗口的河岸綠意是全程最美的一幕。河水化爲一條光帶，流過茂密得幾乎覆蓋鐵橋的成排櫻樹及河岸茂盛的草叢之間，緊接著徐緩迎向山脈。濃淡不一的綠意和河面粼粼波光曲折重疊，展現完美的和諧。過了那裡，就快到終點了。

抵達終點站後，走出剪票口，在鐵軌旁的田地稍事休息已成了慣例。曾祖父在隔開鐵軌的石牆坐下，曾孫和養在田地角落小屋的兔子玩。只有這時，作戰暫時休止。

「你看那邊，曾爺。」

從月台先發現兔子的是曾孫。

「有東西動來動去欸，你看。」

曾祖父彷彿想說「噢，那玩意我清楚得很」似的點點頭，毫不猶豫地走進緊挨著剪票口的房仲公司和蛋糕店之間的小巷。從巷子盡頭走下坡度不大的斜坡，就是細長的田地。田埂整理得筆直，泥土黝黑，也種了幾種被支架和不織布保護的蔬菜。周圍用鐵絲網圍起，但曾祖父不當回事地抱起曾孫放進去，自己再撐開鐵絲網的破洞鑽進去。

相較於精心整理的菜園，小屋很簡陋。或許是用裝酒的木箱湊合搭建，四處都有縫隙，長出青苔和蕈菇，鋪在地上的稻草已經發黑變得硬邦邦。一隻兔子半埋在那稻草堆中，對著屋外露出疑心深重的眼神。

「噢，好乖好乖。」

曾祖父發出很假的柔聲安撫，拽出兔子抱到懷裡，弄得粗製濫造的小屋門口晃動作響。起初那隻兔子的腳趾甲還勾著稻草，拚命踢腿掙扎，後來就安分了。

「可以抱嗎？」

曾祖父的舉動好像太自來熟了，曾孫不免有點擔心。

「可以啊。」曾祖父說。「我跟這隻兔子很要好。」

的確，剛才在小屋裡流露的不安表情已消失，兔子此刻舒服地窩在曾祖父的懷中。

「而且……菜園的主人，是我的老朋友……」曾祖父又補充。

語尾靜靜被吸入鬍子深處。

那是毛色淺灰斑駁的尋常兔子，兩隻大耳朵豎得筆直，後腳強壯有力，黑眼珠乾淨明亮。祖孫倆把兔子放進菜園，把小屋的稻草抱出來曬太陽，給糖果罐中混濁的飲水換上新鮮清水。出了狹仄小屋的兔子彷彿神清氣爽，活潑地在菜園跳來跳去。在豌豆莢藤蔓攀爬的支架之間、埋著洋蔥的田畝，以及剛翻過土可以栽種新苗的柔軟泥土上，兔子不斷留下腳印。不時還伸懶腰把肚子緊貼地面，或者拿前腳搓臉。每當兔子做出這些怪異的舉動，曾孫就指著兔子說：

「曾爺，你看。」

曾祖父點頭說：「嗯。對的，對的。」語氣彷彿想說兔子本就是這樣的生物。

曾孫忍不住去追兔子。不管多麼迅速撲上去，或者從後方悄悄接近，兔子仍然輕易溜走。兔子四處縱橫，自由自在。從那渾圓的灰色背影可以感到，兔子絕非討厭被他抓到，只是覺得盡可能逃久一點更開心。儘管沒有事先說好，不知幾時他們之間卻已訂下規矩。最好的證據，就是兔子總是故意誘敵至最短距離，直到緊要關頭才閃開，然後轉頭露出「來呀」的表情。有時玩得太投入，踩爛了白蘿蔔、生菜、鴨兒芹的嫩芽都沒發現。曾孫抬手摸帽簷，回應那聲「來呀」。曾祖父沒吭氣，只是坐在石牆上抽菸，但他沒忘記讓假牙喀嚓一響來回應。

這樣四處玩耍之際，兔子呈Y字型連接的鼻子和嘴巴依舊不停抽動，把鼻頭探進各處。

「是肚子餓了啦。」曾孫說，「牠在找吃的。」

配合Y字型的抽動，尾巴也動個不停。

「噢，這樣啊……」

曾祖父踩扁香菸站起來，環視蔬菜後走過去，拔起一根胡蘿蔔搓去泥土。那根胡蘿蔔比曾孫的大拇指還細，仍是胡蘿蔔寶寶。

「快來吃吧。」

曾孫拿著露水沾濕的葉片一喊，兔子立刻漠視遊戲規則湊過來。接著Y字型的縱線張開，靈巧叼住胡蘿蔔前端，鼻子和嘴巴的抽動變得更加忙碌。

「看起來很好吃呢，曾爺。」

曾孫忘了自己討厭吃胡蘿蔔，開心地揚聲說。

兔子看起來眞的吃得很香。但就算Y字型動得再怎麼激烈，彷彿捨不得二人給的食物，始終不疾不徐吃著。胡蘿蔔逐漸變短。隱約能聽見喀喀喀的咀嚼聲，令兔子的嘴巴更惹人憐愛。爲了讓胡蘿蔔方便入口，曾孫拿著葉梗的手微妙轉動角度。有時兔子會抬眼看他，又送來那個「來呀」的信號。

「多吃點。」曾祖父說，「四周種了很多。」

緊挨著菜園後方，駛過幾輛電車。平交道柵欄的聲音乘風飛到他們的頭上。

看到兔子滿足後，二人這才回頭扮演專心學才藝的幼兒和退休老人，或者賭上性命逃離國家的難民，鑽上回程的電車。

「兔子是一種很有智慧、很率直的生物。」曾祖父說，「你也得好好向人家看齊。」

家人都聽不清曾祖父說的話，通常也沒仔細聽就隨便裝出聽懂的樣子，只有曾孫不同。他抓住了竅門。那就是凝視隨著聲音蠕動、糾結成團的灰鬍子。要對著鬍子豎耳傾聽。只要那樣就好。因爲聲音在傳到耳膜之前，會全部先在鬍子氣墊中歇個腳。

「尤其是兔寶寶的可愛，那簡直是……可愛得讓你瘋掉。」

二人邊吃點心邊聊天。自從發現兔子後，話題就專注在那上面，恰好替阻止電車廢線的作戰會議打掩護。

「曾爺你見過兔寶寶？」

「那當然。」

「有多小？」

「呃……大概這麼小吧……」

曾祖父把沒吃完的蒸麵包放到盤子上，黏糊糊的雙手靠攏比出一個乒乓球大的洞。

「那麼小？」

「不過無論多小，兔子招牌標誌的耳朵都發育好了，連小鳥掉一根羽毛的聲音都不會錯過。是不是很厲害？」

吃著蒸麵包時，曾祖父講話會比平時更含糊，因爲麵粉和酵母粉做的蒸麵包會黏在牙齦背面。他的聲音潛入糾結的鬍子中更錯綜複雜的場所。

「但願菜園那隻小兔子也能生寶寶。」曾孫說，「如果生了，我一定好好照顧。」

曾祖父露出「嗯，那很好，你要記得這麼做」的表情，把剩下的蒸麵包全部塞進嘴裡。

「不過，只有一隻兔子，生不出寶寶吧……」

曾孫吞吞吐吐說，曾祖父立刻搖頭。

「不會，不用擔心。」

曾祖父急忙把蒸麵包嚥下。

「我不是說過兔子是有智慧的生物，會冷靜地仔細思考嗎。沒有其他生物能夠像兔子這樣坦然接納對方的心情。就連人類都比不上。兔子很特別。」

「嗯。」

「所以只要溫柔地用心撫摸兔子，光是那樣就能有寶寶。」

「眞的？」

「對呀。」

「該摸哪裡才好？」

「摸背上或屁股都行。不過，唯獨耳朵千萬不能摸。萬一沾上手垢，削弱兔子分辨敵人腳步聲的聽力就糟了。」

「我知道了。」

「好了……」

曾祖父用舌尖舔拭牙齦背面，把鬍子抓得亂七八糟後站起來。差不多又到了出發作戰的時間了。

曾孫坐在石牆坍塌較低矮之處。最近的天氣晴朗，菜園的蔬菜日漸茁壯。豌豆莢裡的豆子鼓起，洋蔥大到已頂起泥土表面，胡蘿蔔茂密的葉子隨風搖曳。他把兔子放在膝上，用雙臂包攏，以自己能想到最溫柔的方式去撫摸。雖然不清楚標準，但他抱著「爲了讓牠生寶寶，總之必須用最高禮遇」的確信去摸。

剛剛才吃下整根胡蘿蔔、連葉子也吃光的兔子，或許是因爲飽腹後很滿足，機靈地蜷成一團。透過掌心感覺得到兔子全身很放鬆，依舊忙碌的只有口部的Y字。

這些毛，到底是用什麼做的？

曾孫想。那種觸感和他摸過的任何種類都不同。光滑得令人心醉神迷，每一根毛卻又隱約潛藏銳氣，深奧得令人錯覺指尖會沉下去。斑紋隨著每次撫摸變換形狀，翻開毛露出的稚嫩皮膚，透出淺粉色內在。

他緩緩從兔子的脖子撫摸著滑向尾巴。保持一定的節奏，不時也繞道肚子或顎下，或者按摩後腿根，在額頭畫圈圈，盡量變換各種方式以免兔子厭倦。兔子打呵欠了。發出不知是吐氣還是嚎叫的聲音。每次電車經過，耳朵就會抽動。耳朵內側的皮膚更薄，血管形成複雜的花紋，曾祖父說的沒錯，只要稍微碰一下好像就會輕易破掉。

其實他最想摸的就是那裡。他想捏著兔子耳尖，從上到下，從下到上，就像往返盲腸線，飽含意義地用食指撫摸。可他想起曾祖父的警告只好忍住。

最後曾孫連每一根脊椎骨的形狀、肋骨彎曲的角度、腿部肌肉和肌腱的彈力、頭蓋骨凹槽的數量、舌頭潮濕的程度、心臟的輪廓……舉凡與兔子有關的一切，他都能夠用手心感知了。他思索其中哪一處是生寶寶必須的。他明白，不論是哪一處，都比自己更溫熱。

「乖，要生寶寶喔。」

他撫著兔子背上說。兔毛隨著手掌的動作忠實豎起或倒下。

「要生健康可愛的寶寶喔。」

兔子扭頭仰望他。黑眼珠近在眼前。只不過是兩顆黑黝黝的圓珠，卻始終凝視著眼前的東西。兔子凝視得太專心，視線彷彿貫穿他，直達遙遠的某處。雙眼的焦點，鎖定在他背後，無垠的遙遠一點。

曾祖父就在身旁。手上還沾著之前拔蘿蔔的土就又想點菸。爲了讓曾孫盡情摸兔子，曾祖父耐心等候。

啊，對了。

這時，曾孫終於發現，兔子的毛像什麼。

像曾祖父的鬍子。明明應該沒摸過曾祖父的鬍子，但是看著兔子的眼睛，他想，一定是這樣沒錯。

猜不出要被帶去哪裡，曾孫很不安，但他知道哭哭啼啼或大叫只會讓事態更糟糕，因此他默默忍耐。絕不屈服於對方的威脅。要用自己的腦子好好思考。他這麼告訴自己，讓自己鎮定。

敵人抓住媽媽當人質，逼他把寫有保險箱密碼的紙條送去敵人的大本營。指令分分秒秒送至曾祖父左耳掛的助聽器形通訊器。用特殊方法裝上的通訊器，如果想硬扯下來，連耳垂也會撕裂。

該去右邊算來第幾台自動售票機買票，投入哪一種硬幣，坐在第幾節車廂的哪個位置……對方全都有詳細的指令。曾祖父對通訊器耿耿於懷，勉強按捺想伸手去碰觸的衝動。曾孫思索，耳垂如果裂了不知會流多少血？耳垂也有血液流通嗎？

有個大嬸坐在對面打瞌睡。必須對她提高警覺。她瞇著眼一直在偷窺他們，一旦二人違背指令就會立刻制服他們。證據就是大嬸的鞋子和年齡不符，是看起來就跑得很快的運動鞋。

窗外陰霾，綠意看似混濁。河水也黯淡無光。

兔寶寶不知是否已經出生了。

忽然浮現和作戰無關的念頭，曾孫慌忙甩開。他警告自己：難道你忍心讓媽媽身陷危險？

自從開始撫摸兔子，寶寶的誕生就成了最大的期待。每次打開小屋，他總凝目搜尋稻草堆或兔子後腿之間有沒有藏著乒乓球那麼大的白色毛團，或者有沒有冒出兩隻耳朵，可惜心願始終沒有實現。永遠只有一隻兔子蜷縮在小屋深處的黑暗中。

電車內很悶熱。尤其是注意力都專注在耳朵，使得曾祖父的耳垂背面到脖頸一帶隱隱冒汗。

下一個指令是什麼？

二人不動聲色地對看一眼。

可別聽錯喔。

曾祖父最近好像重聽特別嚴重，令他非常擔心。

沒問題。交給我就對了。

曾祖父照例用那個信號回答。假牙喀嚓一聲，發出比兔子啃胡蘿蔔還細微的聲音。

「喂，那個老先生。你這樣不行喔。」

正當他們一如往常準備翻越鐵絲網，背後突然有人呵斥，二人吃驚地轉身。

「那是私人菜園。」

穿著制服戴著帽子的站務員正從小巷入口朝二人走來。領口有社徽發亮，手上戴著雪白手套。

「光是踐踏菜園就很糟糕了，怎麼能還偷菜呢。更別說是帶著孫子一起做小偷。菜園主人都已經向我們投訴了。」

站務員擋在鐵絲網前，一副「你們休想再靠近一步」的架勢。

站務員犯了很多錯。曾孫在心裡逐一列舉。踐踏菜園的是兔子，不是他們。拔胡蘿蔔是給兔子吃，當然不是偷竊。而且菜園主人是老朋友，自己也不是孫子，是曾孫。

可是站務員對自己的錯誤完全不知反省，張開雙臂，一塵不染的手套像武器似的伸到面前，把二人不斷朝小巷的入口趕。

「對不起。不好意思。不是，我絕對沒那個意思……」

曾祖父摟著曾孫的肩，弓腰垂下頭。不管是要偷渡國界還是間諜活動，這個和設想的意外狀況截然不同的發展都令他慌了手腳。

「眞的……什麼也沒做……我們沒有……」

曾祖父的聲音微弱且斷斷續續，幾乎沒有任何意義。

「對，眞的……只是……是兔子……只是爲兔子……」

「兔子？你到底在說什麼？」

站務員沒那麼好的耐性聽清楚曾祖父要說什麼，只是不停用雙手驅趕。曾祖父口中冒出的重要言詞全部躲進了鬍子裡。對他們來說安全又懷念的舒適場所，只有那裡。

曾孫毅然抗議。

兔子很餓。糖果罐裡的水也臭了。如果放著不管，兔子會死掉。之前一直沒說，其實我們是在做對電車有益的工作。是祕密作戰。憑什麼非得挨罵不可？況且，現在是重要時期。兔子就要生寶寶了。不能嚇到牠，必須比平時餵更多胡蘿蔔，溫柔地撫摸牠……說不定寶寶已經生下來了。你看，就在菜園角落，那個小屋中……

但他的話語，也只是被吸進掌心清晰殘留的兔毛觸感中。

不知幾時下起了雨。二人站在月台上等電車。轉眼之間，鐵軌和遠處的石牆乃至菜園的泥土，一切都將淋濕變色。小屋看起來更暗沉了。

月台一側的末端用水泥封住無法通行，鐵軌也在那裡斷掉。如果望向反方向，鐵軌當然正朝著他們該回去的車站延伸，鐵橋前方的彎角和樹葉過於茂密的樹林，使得他們看不見前方。現身小巷的白手套站務員或許是回去崗位了，不見蹤影。月台上只有他倆。

曾孫豎耳傾聽電車是否就要接近。這時，他驀然察覺忘記了虛擬情節是怎樣的，自己又該扮演什麼角色，不由心慌意亂。他覺得這一切都是因爲站務員莫名其妙的指責打亂步調，心情更加沉重。

他仰望曾祖父。沿著耳邊，膚色的助聽器映入眼簾，他終於想起被扣押當人質的媽媽和穿運動鞋的大嬸以及指令。敲打月台屋頂的雨聲漸漸變大。想起角色的同時，擔心的問題也重現腦海。曾孫憂慮，要是能聽清楚指令就好了。落在屋頂邊緣的雨點彈到月台，打濕了二人的腳。重疊交錯的雨絲，隔開他們和菜園。剛結出小果實的青椒，收完洋蔥被翻起的泥土，胡蘿蔔的葉子，全都一視同仁地被淋濕。

「你看，曾爺。」

曾孫像初次發現兔子時那樣，指向菜園。

「看，牠在欸。」

他怕曾祖父也許注意力都放在指令上，發出比平時更大的聲音。

「看得到嗎？牠自己鑽出小屋了。」

曾祖父默默點頭。

「牠看我們那樣做就學會了。真聰明。」

他的眼中映現菜園中央的兔子。兔子在胡蘿蔔葉片之間，用兩條後腿站著，定睛凝視著和視線略微不同的方向。

「牠在找我們。」

即使被雨淋濕，光澤、斑紋，他曾一再撫摸的兔毛還是沒變，同樣光滑，甚至令人覺得也許根本沒淋濕。只有鬍鬚前端滴下水滴。

兔子把後腿藏在屁股底下，前腿規矩地在胸前併攏，爪子彎曲彷彿在祈求，做出懇求的姿勢。Y字依然不停抽動，耳朵緊繃著淺粉色黏膜，以便隨時對任何細微動靜做出反應。

「寶寶或許已經出生了。」

他伸長脖子。凝目搜尋兔子的屁股下方，前腿與胸部之間的縫隙，或者胡蘿蔔葉片之中是否有寶寶的蹤影。

「一定是這樣對吧。牠是爲了給我們看寶寶，才從小屋出來。」

曾祖父沒回話。

兔子繼續望著同一個方向。雙眸的黑色，在雨中清晰浮現。他很清楚，那是貫穿他直達遠方的那種黑色。

突然間，隨著鐵橋的震動，平交道的警鈴響起。綠樹之間即將有電車出現。

「說不定……」

他想說話，又閉上嘴。無論怎麼眨眼，都無法找到兔子的注視標的，那種煩躁令他幾乎窒息。平交道的警鈴毫不留情地繼續響。

兔子不是在找我們，是在凝視自己的寶寶。

察覺這點時，駛入月台的電車隔開了他們和兔子。那成了作戰的最後一天。

平安獲釋的媽媽，代替兔子生下了弟弟。遠比乒乓球大，也不是雪白的，耳朵也只是普通的半圓形，令人懷疑能派上什麼用場，但是寶寶的確是寶寶。後來過了一陣子，曾祖父就死了。

喪禮那天，忙碌的大人無暇照顧，就讓弟弟躺在嬰兒床。每當弟弟準備哭鬧，他就把弟弟從嬰兒床抱起來，放在雙膝上撫摸身體。弟弟的身體太軟很不受控，也不像兔子那麼聰明。動輒晃動手腳，或者小嘴開開合合找奶吃。大家都誇獎他不愧是哥哥，很會哄弟弟。只有曾祖父知道他只不過是在做對兔子做過的事，可曾祖父已經不在了。

撫摸著弟弟，他忽然覺得生下這個寶寶的或許是曾祖父，陷入自己也不明白的奇妙心境。他自問，這是否就是所謂的悲傷。

告別時，他輕撫躺在棺中的曾祖父鬍子。碰觸那個，就和傾聽曾祖父的聲音一樣。二人的祕密都藏在那裡。

擅長吹口哨的白雪公主

阿姨是公共澡堂的一部分。和浴池、水龍頭、肥皂盒、立式吹風機這些東西一樣被視爲必需品。

無論客人或老闆，乃至合作業者、上門稽查衛生的公務員，就算看到阿姨，也只覺得她在那裡，從來沒有特別的反應。不過那和漠視不同。大家只是沒說出口，但顯然都認可她扮演的角色。某些特定的客人把她當成不可或缺的人，依賴她，感謝她，有時甚至對她表達敬意。

雜草叢生、平時幾乎誰也不會去的澡堂後院，有間小屋，只住了阿姨一人。非親非故也不是員工的她，是怎麼在那裡定居下來的，沒有任何大人能夠解釋清楚。雖然也有種種傳言，比方說她是很久以前某個下大雪的日子被遺棄在澡堂鍋爐室的棄嬰，也有人說她的頭髮曾被吸進浴池排水口差點溺斃，所以把小屋賠給她云云，但是全都欠缺有力的證據。大家的記憶零碎又不可靠，不管怎麼拼湊還是含糊不清。最後總是懶得再去回想，就達成了「不經意時，她已經在了……」這個結論。

只要是住在附近的女孩，任誰都對阿姨的小屋懷抱憧憬，因爲小屋的樣子令人覺得白雪公主和小矮人住的房子一定就是那樣：木板外牆，拱形屋門，紅磚煙囪，有百葉護窗板的窗口，三角屋頂……一應俱全。彷彿是爲了配合小矮人，屋子蓋得特別小巧，古色古香。女孩們各自開拓通往後院的祕密路線，洗完澡便背著大人偷偷去參觀小屋。每次看著那扇不低頭恐怕鑽不進去的木門，就自以爲成了拿著毒蘋果的後母，很想咚咚敲響那生鏽的門環。

但阿姨一點也不像白雪公主。隨意留長的頭髮由於澡堂內的濕氣，總是糾結披散，臉上脂粉未施，身材像病童一樣瘦小。眼窩凹陷，下巴很尖，嘴角深刻的皺紋惹眼。或許是當成制服，她總是穿著不知是睡袍還是睡衣的毛巾布服裝，在胸前合攏，用腰帶紮緊。誰也沒見過她穿別的衣服。制服的手肘和臀部已經磨破，吸收了各種東西，不再是本來的白色，變成微妙的色調。

如果說眞有哪一點像白雪公主，那大概就是阿姨的膚色白皙。臉上皺紋很多，但是沒有斑也沒有痣，有時衣服不經意鬆開，露出的大腿也是驚人的潔白。不是那種誘人的剔透瑩白，是浸透了澡堂的水蒸氣，在層層縫隙之間，猶如耗費漫長時光提煉的礦物那種白。

公共澡堂營業期間，阿姨必定從早到晚待在女浴池的更衣處。枉費她住在女孩憧憬的小屋，卻只有睡覺時才回去。她沒時間曬太陽，終日待在水蒸氣中，皮膚泡腫了，身體輪廓在冉冉蒸氣中氤氳淡去。已經不可能把阿姨和公共澡堂切割了，也沒有任何人那樣想。

阿姨的固定位置，是更衣處成排寄物櫃那面牆的角落、只放了三張木製嬰兒床的旁邊。對於坐在按摩椅上放鬆休息，或者從冰箱拿出飲料在電風扇前納涼的客人而言，那個角落正好是視線死角。

帶著寶寶的客人來到這裡。是那種出生還不到半年，好不容易剛學會翻身的小嬰兒。寶寶的母親讓寶寶躺在嬰兒床，給寶寶脫衣服，自己也脫光後就一起進浴場。先給寶寶洗澡。頭髮耳朵股縫都洗乾淨後，就把孩子交給在拉門前等候的阿姨。接下來就是阿姨的工作了。爲了讓媽媽一個人安心入浴，她負責照顧寶寶。

說得更正確一些，那或許不能稱爲工作。因爲不用另外付費，也不是澡堂老闆想出來的服務項目，只是在阿姨定居小屋的同時，自然而然就演變成這樣。然而阿姨這項服務旋即贏得一致好評，深受帶著幼兒的婦女器重，甚至有客人風聞後特地大老遠前來。以前媽媽們在洗澡洗頭時必須把寶寶夾在雙膝之間努力保持平衡，或者先讓寶寶躺在地上，總之洗澡時從頭到尾匆匆忙忙，也無暇在浴池悠哉地泡一會兒，可是只因爲阿姨一人的出現，就完美解決了所有問題。大家甚至覺得不可思議，爲什麼沒有早點想到這麼省事的辦法。後來別家澡堂也跟風推出同樣的服務，卻還是比不上阿姨獨特的作法。代爲照顧寶寶十幾分鐘說來很單純，但阿姨的作法就是不一樣，很深奧。媽媽們敏感地察覺箇中差異，寧可多走點路，還是要來有阿姨的公共澡堂。

阿姨從來沒有刻意炫耀自己的服務。她總是待在寄物櫃和嬰兒床之間的夾縫，坐在兒童用的塑膠椅上，垂著眼皮縮起身子盡量不惹人注目。有客人需要時，她會立刻察覺，只用低調的眼神示意：如果有需要請儘管吩咐。阿姨和客人之間產生獨特的連結。對於不需要這項服務的客人而言毫無關係，也不會受到任何干擾。那是只在需要阿姨的人們和她之間進行的祕密交流。

當然，寶寶年紀和個性都不同，媽媽們據此提出的要求也很複雜。個性怕生，脾氣暴躁，早產兒，有氣喘，需要清潔耳垢，治療濕疹的藥，補充水分的白開水，果汁，伸展運動，按摩……阿姨理解每個人的狀況，歸納在她腦中的抽屜。第二次之後，比方說只要把藥瓶交給她，用不著囉唆說明，她也能夠正確判斷那是要用在何處，必須塗抹多少分量，是要用紗布還是用手掌直接塗抹。不需檔案簿或名冊，只要抱過寶寶一次她就知道了。

說不定初次上門的客人會有點不安。阿姨不僅面無表情，看起來也瘦小無力。尤其是碰上快要學會走路、體重超過十公斤的寶寶時，那種不安更明顯。不過，一把孩子交給張開浴巾在拉門前等候的阿姨，不安就在那瞬間消失了。她們本能地知道，那瘦骨嶙峋的雙臂是多麼強而有力地接住寶寶。寶寶過軟的身體完美嵌合在阿姨的骨頭凹陷處，沒有絲毫勉強。在那裡，勾勒出阿姨與寶寶二人的嶄新輪廓。

即使面對寶寶，阿姨也不會刻意擠出笑容或誇張地扯高嗓門，依舊保持平日的淡漠。可是當寶寶因爲肥皂水滲入眼中或想睡覺而哭鬧時，阿姨多半能讓他們安靜下來。阿姨的武器就是吹口哨。而且那是無人能夠模仿的最強武器。

口哨的音量極小。在喧鬧響徹天花板的澡堂，恐怕沒有一個大人聽得見，只是看到阿姨噘唇，於是推測她或許正在吹口哨。能聽見阿姨吹口哨的，只有剛出生不久、耳膜還很脆弱的小寶寶。

細微的音色略帶顫抖，卻也堅韌。她並不是在吹什麼歌曲的旋律，節奏和發音更加自由自在。或許其中也有幾首知名的曲子，但大人聽不見，對寶寶來說，曲名也完全不重要。有時覺得口哨徐緩悠揚，不知幾時又變成輕快的跳躍，有時覺得一個細微的發音拖得很長很長幾乎和呼吸難以區別，隨即又恢復輕快的聲響。有活潑的音階，也有寧靜深遠的。有飆到極限的高音，也有重低音。變化多端的口哨，簡直難以相信出自凡人的嘴唇。

一個媽媽抱著寶寶走近阿姨。當然母子倆都光著身子，全身濕淋淋。無論從玻璃拉門這頭看過多少次這樣的母子，阿姨依舊爲之屏息。是因爲他們對危險毫無防備？抑或是因爲被眼前出現的完美和諧震懾？可是媽媽們甚至沒有發現自己母子創造出什麼。

「阿姨，拜託你了。」

媽媽說著，毫無顧忌地交出孩子。

「脖子的痱子那邊，麻煩你多撲點痱子粉。」

阿姨默默點頭。

「啊，還有，保溫瓶的白開水給他喝五十 c.c.。別忘了。」

這個媽媽還很年輕，幾個月前應該還裝著寶寶的肚皮依然緊緻，並未鬆弛，脹奶脹得乳房浮現藍紫色血管。

阿姨已經無暇注視媽媽。她正看著寶寶。是個男孩。胖嘟嘟的，漆黑的眼睛滴溜轉動，稀疏的頭髮肆意貼在頭皮上。是個具備所有嬰兒特徵的天真赤子。

剛剛還在眼前的完美和諧，現在有一半在自己懷中。她抱著難以置信的心情細細咀嚼這個事實。自己也不知究竟是戰慄還是亢奮，總之爲了掩飾內心的動搖，她迅速用浴巾包裹寶寶，讓寶寶躺在嬰兒床。床上事先已備妥嬰兒內衣和尿布，只要放在床上隨時能立刻更換。

寶寶很開心。全身染成淡粉色，看起來瑩然發光。手腕手肘和膝蓋關節處，堆出一圈又一圈柔軟的皮肉，令人恨不得輕輕撐開看看，小手小腳彷彿要丈量世界的大小，始終忽伸忽縮。阿姨吹著口哨，讓寶寶舉起手套上內衣，綁起前襟的繫帶。她的制服已汗濕，腰帶也快鬆開了，但她無所謂。寶寶瞪大雙眼，更加活潑地擺動手腳，撐開世界的框架。不時，還會發出咿咿呀呀的聲音呼應口哨聲。至於媽媽，被沾滿水滴的氤氳玻璃和水蒸氣遮掩，身影早已模糊不見。

公共澡堂必然有的油漆壁畫，這裡當然也有。畫的是不知何處的森林風景，與附近其他用粗拙筆觸畫出老套圖案的公共澡堂相比，卻有天壤之別。在腦子已有點糊塗的老人之中，甚至有人眞以爲那是玻璃窗映現的戶外風景。亭亭如蓋的樹林籠罩天空，地面鋪滿草皮，間或有苔痕青青的岩石。沒有明確的路徑，只有些微陽光從樹梢篩落，太陽很遠。不過處處皆有可愛的小花綻放，樹上結滿果子，隆起的樹根凹縫長出螢光色香菇，色彩豐富。重疊的葉片之間，也有小鹿小鳥猴子蜥蜴的身影若隱若現。小鳥在枝頭跳著求愛舞，小鹿露出白尾巴，直愣愣看著這邊。也有某種生物躲在暗影中，只有兩隻眼睛炯炯發光。

果然，無人知道這是誰畫的。不過有阿姨的前例在，大家早已習慣，誰也沒有追究過這個問題。照理說已經歷漫長歲月，但壁畫頂多只有磁磚邊角稍有破損，幾乎沒有褪色變質。不僅如此，反而好像因為天天吸收水蒸氣變得益發鮮豔。葉片更茂密，青苔更密集，動物的毛皮更光滑。香菇的蕈傘也變得比以前更大。偶爾也有人說鳥巢的蛋孵出小鳥了，不過大多數客人只覺得這是個綠意盎然的舒服澡堂，並不會在水蒸氣中刻意睜大眼睛仔細端詳壁畫。

不過也有例外。那就是阿姨。澡堂公休的日子，阿姨會站在排光熱水、空蕩蕩的浴池中，對著壁畫練習吹口哨。

水氣蒸發，水滴也擦淨後，森林依然保持那種清新。脫衣籃倒扣堆疊，通風用的天窗敞開，從那裡照入的陽光令拉門的玻璃閃閃發亮。空無一人的澡堂比平時更顯寬闊。阿姨依舊穿著制服。前一晚的汗水和濕氣還沒乾透，令人不舒服地黏答答貼在脖子的肌膚上。

她先吐出舌頭再縮回，鬆弛嘴唇後擺好架勢。赤腳踩在浴池中央，盯著前方的壁畫，用腳尖打拍子，發出第一個音。

安靜的澡堂中，那個聲音不受任何干擾地在天花板回響，展現更細膩的表情。阿姨無休無止地吹口哨。嘴部爲了噘唇吹氣，刻畫出一條條皺紋。只要看出那些在嘴唇周圍畫出獨特紋路的皺紋多麼深刻，就知道阿姨是多麼賣力地一直吹口哨。她明明文風不動，衣襟卻漸漸鬆開，露出幾乎毫無隆起的胸部。那裡，也同樣潔白如礦物。

在天花板反彈的口哨被吸進森林。晃動細小的樹枝，抖落果實，在大樹的樹洞形成回音，讓小鹿聽了嚇一跳。小鳥拍翅，花粉飛揚，蜥蜴墜地鑽進葉片底下。阿姨知道，吹口哨時，無論在壁畫任何角落都能立刻聚焦。只要忍住眨眼的衝動，從小鳥在樹幹啄出的傷痕到葉片背面蟲卵排列的圖案，全部看得一清二楚。森林深處的更遠處其實藏著瀑布，這點她也老早就發現了。那是穿過巖縫之間落下涓涓細流的小瀑布。可是瀑布下方的水潭以深不可測的氣勢濺起飛沫，掀起漩渦。阿姨顯然才是最了解壁畫的人。

口哨聲愈吹愈高。腳尖的動作變得急促，制服凌亂得幾乎暴露乳頭。口哨穿過林蔭，乘風朝著森林的深處乃至更深處一路響起。阿姨噘唇吸氣的同時，又想起雙臂殘留的寶寶觸感。儘管看不見人影，抱過幾百個赤裸嬰兒的觸感也不可能消失。最重要的是，那是溫暖的小肉團，完美無瑕、無可匹敵，卻又弱小得如果沒有被誰抱著就會輕易摔到地上。阿姨的雙臂用力。寶寶立刻察覺口哨。他們打從一開始就知道那只爲自己而存在。他們用黑眼珠追逐聲音，浮現的神情彷彿在思索，又像在緬懷不可能有的記憶，就這麼凝視著阿姨。

最後口哨和瀑布聲重疊，伴隨水潭的漩渦畫出弧形，化爲飛沫向更遠處響起。彷彿要尋找赤裸的嬰兒，口哨聲繼續在澡堂悠揚，久久不絕。

「他在喝什麼？」

一個小男孩湊近阿姨和寶寶。

「柳橙汁。」阿姨回答。

「是噢。」

小男生又朝嬰兒床旁的夾縫前進一步，伸長脖子輪番打量奶瓶、嬰兒的小嘴和阿姨的臉。他穿著有卡通人物圖案的睡衣，肚子裹著保暖的毛線肚圍。身體熱乎乎，頭髮還濕著。他的年紀已經不需要阿姨的服務了。

「看起來很好喝欸。」

「怎麼可能好喝。」

阿姨立刻否決。

「用開水稀釋了好幾倍，根本沒味道。」

「爲什麼要稀釋？」

「因爲是小寶寶。除了喝奶，其他食物得一點一點慢慢餵。」

「否則就會拉肚子？」

「沒錯。對待寶寶，一定要小心。」

小男生窺探著阿姨的反應，給寶寶腳底撓了一下癢，立刻縮回手。

「但他很健康，咕嘟咕嘟一直喝欸。」小男生開心地說。

寶寶被阿姨抱著，自己抓著奶瓶，喉嚨呼嚕嚮地急切喝著柳橙汁。

「……呃……你是他媽媽？」

小男生遲疑地說。見阿姨搖頭，他想了一會兒之後換個問法。

「是他奶奶？」

雖然年紀還小，但他似乎對阿姨和寶寶的關係感到很不可思議。

「不是。就只是不相干的阿姨。」

「是噢。」

「寶寶的媽媽正在洗澡。」

「所以你代替她餵果汁？」

「對。如果是你這樣的小哥哥，已經懂得自己擦身體，也能自己穿睡衣。等再大一點還會改去男浴池那邊。可是寶寶不行。」

小男生點頭。

「寶寶必須好好照顧。就算再怎麼小心也不為過。」

這時正好寶寶喝完果汁。或許是還沒喝夠，抓著奶瓶不肯放，小腳一伸一縮地踢阿姨肚子。阿姨取下圍兜，拿紗布給寶寶擦嘴，抱直寶寶拍背。

「你很小心照顧欸。」

小男生不停觀察阿姨的動作，如此說道。

「對。」

「要很小心，很小心。」

「對。在你還是寶寶的時候，我也這麼做過。」

「咦？」小男生發出驚呼。

「給你的濕疹塗抹茶油，穿上內衣，包尿布。」

「眞的？」

「當然是眞的。」

小男生的臉上倏然浮現喜色。原來自己也曾和這個喝果汁的小孩一樣，是個受人細心照顧的寶寶啊，此刻頭一次發現這個事實，他露出似乎打從心底安心的表情。黑眼珠和滑嫩的臉頰還充分保有他嬰兒時期的樣貌。

這時小男生的母親喊他。小男生衝出夾縫，頭也不回地跑過更衣處。

寶寶打嗝了。阿姨把寶寶放回嬰兒床上，空奶瓶收進寄物櫃，接著吹起口哨，拿梳子輕撫寶寶若有似無的細髮。

暑假的某一天，六歲女童和就讀國中的姊姊一起去市立游泳池游泳，卻失蹤了。據說是傍晚玩累了之後，從泳池起來去更衣室的途中，在姊姊跟巧遇的同學聊天時，就此消失。救生員找遍泳池，父母和學校老師也趕來四處搜索，卻還是沒找到人，最後甚至驚動了警察。

新聞也傳進了公共澡堂。把頭塞進立式吹風機的頭罩、或在沙發上喝彈珠汽水的客人，七嘴八舌議論小孩失蹤的原因。他們提起過去對兒童做出不當行爲的怪男人的傳聞、外國的綁架事件，或者互相發表各地流傳的神隱傳說。她們的聲音，被吹風機和電扇的聲音蓋過，傳不到嬰兒床的夾縫那邊。阿姨一如往常在照顧寶寶。

入夜後，女童依然下落不明。沒有目擊者，也沒有任何線索。最後全區居民集體出動幫忙找人，澡堂也提早打烊加入搜索。

終於找到女童，是在接近半夜的時候。找到她的是阿姨。

「她在小屋。」

彷彿覺得是自己給大家造成麻煩，阿姨用畏畏縮縮的眼神望著後院。被意外拽出固定位置的夾縫，她似乎思緒混亂，手足無措。被阿姨牽著的女童反而比她活潑多了。

「她就在圓桌下，這樣縮成一團……」

阿姨拱起自己的背示範，人們只顧著欣慰於女童平安無事，誰也沒去注意她那種姿勢。

「我去了森林。」

女童的聲音完全聽不出之前孤單走失的徬徨無助，如此說道。

「森林？哪個森林？」

「後院嗎？」

「後院雜草叢生，的確也可以說是森林。」

「對小孩來說，跟森林沒兩樣。」

「這麼小的孩子，不可能跑遠。」

「的確。」

人們恣意發表當下的想法，女童甩著裝泳衣的塑膠包在原地微微蹦跳，仰望阿姨露出微笑。離開泳池至今已過了好幾個鐘頭，女童的妹妹頭卻還是濕的。

「我跟在小鹿的屁股後頭，一直走到有水嘩啦啦落下的地方喔。途中，猴子追著我搗蛋，可我不怕。小鹿把白尾巴泡進水中，水面就出現一圈圈漩渦。猴子想跳起來，可是踩到滑溜溜的岩石不小心掉到水裡。水花濺到我身上，好涼快……」

女童一口氣說完。彷彿還保留森林的冷空氣，吐出的氣息清新。

人們不再追問瀑布和動物的細節，最後，根據女童姊姊聲稱以前兩人曾偷溜進小屋扮演白雪公主的指證做出結論，斷定這次事件是女童小小的冒險精神引發的，她肯定只是意外在小屋睡了漫長的午覺，夢見白雪公主。

後來女童平安無事與母親重逢，踏上歸路。臨別時，阿姨把臉湊近女童耳語，「別再接近瀑布了。很多小孩就是掉進瀑布再也回不來」，並且撫摸她潮濕的頭髮。女童乖乖點頭。

或許是失蹤事件澈底打亂了生活步調，抑或是握過女童小手的觸感久久未能消失，當晚，阿姨輾轉難眠。聚集在澡堂的人早已離去，只聞蟲鳴唧唧，那麼吵鬧的騷動早已平靜無波。室內中央，兀然擺著女童之前弓身躲藏的圓桌。桌上的杯子裡還有沒喝完的茶。

忘記關閉百葉護窗板的窗口照進月光。借助那月光，阿姨躺在床上，在黑暗中舉起自己的手。那是泡得皺巴巴的白皙雙手。當時母親一出現，女童立刻甩開阿姨的手，拔腿奔向母親。明明在自己掌中的五根細小手指，驀然驚覺的瞬間已然消失。

但阿姨沒有悲嘆。她看得很開，知道不管抱過幾百個幼兒，自己終究不過是孩子們暫歇之處。阿姨的手指開開合合。女童的體溫和頭髮的濕氣，還留在皺紋之間。月亮益發皎潔，化爲一條光帶照進小屋的地板。似乎也有滿天繁星。

睡意始終不肯降臨，阿姨仍然勉強閉上眼。腦海浮現剛從浴池出來還冒著蒸氣的嬰兒背部。腰部中央有酒窩似的凹陷，堂皇露出留有青色蒙古斑的小屁股。

在玻璃拉門區隔的浴場和更衣處交界接下寶寶時，阿姨的心情總是特別激昂。那跟是初次抱到抑或熟識的孩子無關，全身澈底交付給她的瞬間是特別的。她滿心洋溢預感，知道接下來發生的肯定是好事。寶寶渾然不覺抱著自己的手臂已不是母親，換成了別人，天眞懵懂的模樣固然可愛，稍微啟智的寶寶露出詫異的表情也很討喜。就算覺得不對勁，寶寶也無能爲力，只能任由阿姨的雙臂擺佈，那種過於純眞的無力感惹人憐愛。就連區區一扇玻璃門，也沒有任何寶寶能夠越過。如果沒有庇護的雙臂，他們只能無助地躺在那裡。儘管如此，他們是完美無缺、十全十美的生命。

阿姨擁抱寶寶。小心處理關於寶寶的一切。寶寶把臉頰貼在她敞開的制服胸口，縮起雙腳，拱起背部。就像失蹤的女童那樣。有的寶寶吸手指，有的寶寶昏昏欲睡。有時也有寶寶哭鬧，但只要一吹口哨，寶寶就會安靜。身體溫暖，果汁塡飽肚子，痱子粉平息痱子的癢意，沒有任何煩惱。一切都得到滿足的小生命，塡滿阿姨的懷抱。

要是寶寶的媽媽永遠不回來就好了。吹口哨的空檔，阿姨不讓任何人發現地悄悄許願。母與子。這是神決定的一對一組合，卻因某種失誤發生錯亂，媽媽消失在模糊的玻璃那頭，寶寶獨自被遺留在阿姨身邊。

阿姨慌忙搖頭，否定自己的願望，向神明道歉請求祂不要降罪。

月光的光帶緩緩變色，角度更迭，夜深了。失眠的阿姨吹起口哨。爲了安慰掉進水潭而再也回不來、說不定本該由自己生下的孩子，她讓口哨響徹森林。不知是風，還是聽錯了，門咚的一響。是藏著毒蘋果的後母。阿姨在被窩裡渾身僵硬，窺探情況。口哨聲戛然而止。等到敲門聲消失，恢復安靜後，阿姨再次吹起口哨。

我從瀑布救出了一個小女孩，所以神啊，請原諒我。不要懲罰我。阿姨不停祈禱，直到天亮。

身爲有森林的公共澡堂一部分，阿姨至今仍在更衣處的固定位置。帶寶寶來的母親絡繹不絕。寶寶在阿姨不知道的地方逐一誕生，永無休止。隨時有人站在拉門的門口不知所措。

或許有一天，制服腐朽，腰帶消失，她將形同半裸，但在這裡，大家都光著身子，根本無人在意。由於在嬰兒床旁坐了太久，她的身體已隨著那夾縫瘦弱變形，變得單薄乾扁，本來飽含水蒸氣模糊不清的輪廓更加模糊。不知不覺，寶寶的黑眼珠再也看不見她手臂以外的部分，阿姨存在的證據，只剩下口哨聲。啊，這樣就不用擔心客人覺得礙眼了。阿姨安心地想。

蒸氣冉冉升起，阿姨悄無聲息地走在更衣處裸身的婦女之間，爲寶寶伸出雙臂，吹起口哨。也許敲門的不是後母而是王子，她卻認定絕無那種可能，只是一心一意爲寶寶奉獻自己。

木曜文庫 15
擅長吹口哨的白雪公主
口笛の上手な白雪姫

作　　者　小川洋子
譯　　者　劉子倩
社　　長　陳蕙慧
總 編 輯　陳瀅如
責任編輯　陳瀅如、王彥鈞
行銷業務　陳雅雯、趙鴻祐
封面設計　文豪
內頁排版　Sunline Design
印　　刷　前進彩藝有限公司

出　　版　木馬文化事業股份有限公司
發　　行　遠足文化事業股份有限公司（讀書共和國出版集團）
地　　址　231023新北市新店區民權路108之4號8樓
電　　話　02-2218-1417
傳　　眞　02-8667-1065
客服信箱　service@bookrep.com.tw
客服專線　0800-221-029
郵撥帳號　19588272木馬文化事業股份有限公司
法律顧問　華洋法律事務所　蘇文生律師

初版一刷　2023年7月
定　　價　NT$370

ISBN　978-626-314-454-5（平裝）
978-626-314-453-8（EPUB）

國家圖書館出版品預行編目（CIP）資料

擅長吹口哨的白雪公主/小川洋子作；劉子倩譯.-- 初版. -- 新北市：木馬文化事業股份有限公司出版：遠足文化事業股份有限公司發行,
2023.07　面；　公分. -- (木曜文庫；15)
ISBN 978-626-314-454-5(平裝)

861.57　　　　112008045